サトウとシオ
イラスト 和狸ナオ
JN131273
たとえばラストダンジョン前の村の少年が序盤の街で暮らすような物語
vol.15

大丈夫ですか!?
げ、げえぇ!
ロイド少年んん!?

ろ、ロイド君!?
ワープ魔法から英雄見参!
ロイド少年、いざ最終決戦へ!!

行ってこい!

さあロイド、ここは任せて
世界を救いに

大丈夫。

いつか必ず
君にもできるはずだよ。
僕にだって
できたんだから。
そして時は経ち——士官学校入学試験。
ロイド教官は若者の未来を見出して——

目次 [CONTENTS]

たとえば
ラストダンジョン前の村の少年が
序盤の街で暮らすような物語 15

サトウとシオ

GA文庫

登場人物紹介

Character Profile

魔女マリー

ロイドに正体が伝わらない王女様。今回こそ!?

ロイド・ベラドンナ

伝説の村で育った少年。世界を救う英雄になれ！

リホ・フラビン

元・凄腕の女傭兵。ロイドを信じて最終決戦へ。

セレン・ヘムアエン

ロイドに呪いから救われた。彼と運命の決戦へ。

アルカ

伝説の村の不死身の村長。ロイドを見守っている。

ショウマ

ロイドの兄貴分。イブの恐るべき切り札に敗れる。

リンコ

アザミ王妃。イブの真の狙いを理解している。

フィロ・キノン

ロイドを師と仰ぐ少女。格闘術で決戦に挑む。

ソウ

ロイドの雄姿を見るために目覚めた伝説の英雄。

アンズ・キョウニン

当代の剣聖と称される達人。イブに操られてしまう。

ミコナ・ゾル

マリーを愛する女。魔王の力を使いこなしている。

メルトファン

熱き農業の伝道者。筋肉と農業愛で最後まで戦う。

レナ・ユーグ

アルカのライバル。昏睡していたがようやく目覚める。

サタン

夜の魔王。弟子ロイドの最終決戦を見届ける。

石倉麻子

イブに身体を奪われていた少女。やがて彼女は──

アラン・T・リドカイン

ロイドを慕う同級生。彼と出会って人生が変わった。

イブ

旧世界の大統領。魔王の力をほしいままにする。

プロフェン王国、王城内。廃墟と化した研究棟にて。

そこでは物語の主人公ロイド・ベラドンナが立ち尽くしていました。

いつもの柔和な表情とは違う沈痛な面もち。

彼が抱えているのは兄貴分であるショウマ――腕は折れ意識を失い色黒の端正な顔は血にまみれ……実に痛々しい姿です。

自分より強く、しっかりした兄貴分であるショウマが無惨な姿で痛めつけられ、この廃墟と化した研究棟でうずくまっていたのをロイドが発見した……それが前回までの簡単なあらすじです。

「ショウマ兄さん……」

犯人はわかっています。

イブ・プロフェン。

プロフェン王国の王でウサギの着ぐるみを纏うふざけた存在。

しかしそれは偽りの名前でした。

彼女の本名はエヴァ。

百年より前に異世界より現れたアルカたちと同様に魔王になってしまった存在です。

その本質はいきすぎた享楽主義者と言えるでしょう。

不老不死になった肉体とルーン文字という技術を独り占めして元の世界に帰るため、アルカたちが追って来られないよう、半ばおもしろ半分で世界をめちゃくちゃにしようとしていた悪党。

この世界の人間であるロイドたちからしたら最後の忌むべき存在――そう「ラスボス」といって差し支えない存在でした。

そんな相手にショウマは果敢に挑み、一方的にやられてしまったのです。

「すごい怪我……みんなのために戦ってくれたんだね」

意識を失った彼の顔を覗き込むロイド。

しかし、ショウマの顔はボロボロの体とは裏腹にどこか安堵の表情を醸し出していました。

――ロイドがいるから後を託せる。

意識を失う間際、そんな言葉を残したかのように思えるほどの爽やかな顔でした。

「……」

崩れ去った廃墟の壁を荒涼とした風が吹き抜け、ロイドの頬を撫でます。

パラパラと天井から砂が落ちる音だけが聞こえる研究棟跡。

「…………」

昔なら——そう、昔のロイドならば「僕なんか」と自分を卑下しながら「ショウマ兄さんがやられるような相手なんて僕じゃ到底太刀打ちできないよ」と口にしていることでしょう。

しかし、何度も何度も何度も……度々起きる事件に仲間と共に立ち向かい、時に壮大な勘違いをしながら困難を打破してきたロイド。

この状況の中で、弱気な発言をする彼はとっくの昔にいませんでした。

「ゆっくり休んで、ショウマ兄さん」

慈愛に満ちた顔で眠る兄貴分に語り始めます。

「異世界とか魔王とか、世界がどうとか……正直聞いていてまだよくわからないけど……」

眼光鋭く、力強く、気概に満ちた顔で——

「僕が必ず敵をとるから！」

傷つけられた身内のため、ロイドはそう空に向かって宣言しました。

たとえばラストダンジョン前の村の少年が序盤の街で暮らすような物語

たとえばラストダンジョン前の村の少年が世界を救うような物語

一方、プロフェン王国会議室。

こちらも壁が壊れ天井が崩壊し凄惨な光景でした。

穴のあいた天井からは空が見えるほど、地震でも起きたら一気に崩れてきそうな非常に危険な吹き抜け状態です。

イブによって暴走したヴリトラに巻き込まれたのは会議室だけではありません、無関係の使用人たちも被害を受けており、さながら野戦病院のような有様です。

「これで怪我人は全員かしら？」

カーテンを破いて包帯代わりに応急処置をしているマリーが傍らにいるアランに尋ねます。

「どうやらそのようですな、陛下の怪我人はコリン大佐たちが全員助けたみたいですし」

介抱を手伝っていたアランは額に流れる汗を拭いながら答えました。

「あとはあの二人が目を覚ましてくれればいいんですがね」

アランはそう言いながらカーペットの上に横たわる一組の親子に視線を送ります。

一人は白衣を着込んだ長身瘦軀の男、過去イシクラと呼ばれていたヴリトラ。

そしてもう一人の深窓の令嬢のような儚げな女の子は彼の娘でありイブに体を奪われていた麻子。

共にイブ、そして異世界に翻弄された悲しき親子です。

「私とロイド様の愛の力で呪縛から解き放ちましたので必ず目を覚ましてくれますわ」

どんな状況でもキャラのぶれないセレンは怪我人を介抱しながらイタイことを言っていました。彼女につける薬はこの場にも、いえ世界中にもないでしょうね。

そのセリフに回復魔法をかけているリホや応急処置を手伝っているフィロが反応します。

「はいはい……それよりプロフェンの人たちが心配だぜ。自国の王様が国民に魔王をけしかけた事実ってのはキツいんじゃないか？」

「……カリスマのある王様が裏切った……大混乱が起きそう」

傭兵をやっていて、ある程度は国の情勢に詳しいリホとフィロがプロフェン王国の後始末を心配しています。

その会話に小麦肌のフンドシ男、メルトファンが割って入ってきました。

「その辺は何とかなるだろう、サーデン王をはじめ各国の首脳が現場にいたのだ。時間はかかるかもしれないが対応はできるはずだ。無論私も協力は惜しまん」

「……農業方面で、でしょ？」

フィロのツッコミにアザミ王国農業特別顧問である彼はフンドシの食い込みを直しながら

頷きます。

「それ以外はからっきしだ」

真顔のメルトファンにフィロは半眼を向けていました。

プロフェン王国の心配はないと安堵の息を漏らすマリーは続いてロイドのことを心配します。

「ところで……さっきロイド君が急に駆け出したけど、いったいどうしたの？」

マリーが心配そうな声を上げセレンたちが動きました。

「そうですわ、急いで確認します」

「そうだな気になるぜ」

「……ん」

ロイドが去っていった方へ駆けつける三人。

その方向に目を凝らし見やるセレンが答えます。

「誰か倒れているようでそれを抱き抱えていますわ……正直うらやましい」

本音を当たり前のように漏らすセレンにリホは呆れて肩をすくめました。

「セレン嬢、この状況でも変わらないお前に脱帽だぜ」

「……平常運転――ッ」

同じく呆れるフィロでしたが言葉の途中で息をのみます。メナはどうしたのかと妹に問いました。

「どうしたのフィロちゃん」

「……師匠が戻ってくるけど……アレって」

「アレ？　って！　えぇぇ⁉」

ロイドが抱えて連れてきた人物――ショウマを見てマリーとそして他の面々も驚きを隠せませんでした。

「どうしてショウマさんが⁉」

「オイオイまじかよ……コンロンの村人だぜ？」

「……しかも……その中でもかなり強い人……」

おそらくこの中で一番強い彼が血にまみれてボロボロになっている姿を目にして誰もが唖然としています。

「あの、コリン大佐はいますか？　至急ショウマ兄さんの怪我を見て欲しいのですが」

回復魔法のエキスパートのコリンを呼んで欲しいという彼の要望にマリーが大慌てで動きます。

「わ、わかったわ！　そこの床にそっと寝かせてあげて！」

横たわる彼を見てセレンがその酷いやられように悲しげな顔になります。

「ショウマさんが……なんて酷い……」

「足も手も折れているな、息があるだけでも奇跡だぜ」

その酷い状態に駆けつけたコリンも驚きます。

「ショウマさんが怪我？　って、滅茶苦茶ボロボロやんか！　椅子の足つこて折れた箇所に充てる添え木にしたって！　はよ！」

慌てて応急処置を施すコリン。

おそらくこんな仕打ちをした犯人であるイブについてマリーが尋ねます。

「イブの動向は？　そこにいたの？」

ロイドは首を振るしかありません。

「僕が来た時にはすでに……」

「返り討ちにあったのか？　あのショウマ君が？」

かつて（フンドシとアーティファクトの農具で）彼と戦ったことのあるメルトファンは驚きのあまり尻にきゅっとフンドシが食い込みました。

サタンとスルトの魔王コンビもこの事実に唖然としています。

サタンはモジャモジャの髪の毛に手を突っ込むと困ったようにうつむき、カメの姿をしたスルトは首を伸ばし天を仰ぎます。

「イシクラ主任はイブがまだ本調子ではないと言っていた、それなのに一方的にやられたというのか」

「ジーザス……そこまでの力なのかエヴァ――イブはよぉ」

そのショウマに回復魔法をかけているコリンが困った顔をしていました。

「アカンなぁ」

「ど、どうしましたコリン大佐⁉　まさかショウマ兄さんの容態が⁉」

狼狽えるロイドにコリンはどう説明したらいいのか口ごもります。

「ちゃうねん、全然回復魔法が効かんのや……なんていうか回復を拒むというか」

その言葉にサタンが首をひねります。

「そもそもコンロンの村人の特徴でもある超回復が無いのがおかしい」

「そ、そうですね。僕でも骨折は一日あれば治るのに。たしかにみんなと違って一瞬では治りませんけど」

相変わらずの常識知らずにこの場にいる一同全員が苦笑。お約束ですね。

「しかし一切の回復魔法を拒むというのがわからんな、コリンの回復魔法は天下一品なのだが……ぬぅ？」

何かに気が付いたのか、メルトファンは言葉の途中で空を見上げます。

「おいおい、何か来るぜ」とアラン。

フィロも思わず身構えます。

「……ヤバいのが来る」

「まさかイブ⁉」

「悪意の塊(かたまり)が……来る⁉」

イィイイン！

音を立てて何者かがプロフェン大会議室廃墟(はいきょ)に飛来しました。

彗星のごとく飛来したもの。立ちこめる煙の中、現れたのは――

「プリティなワシ参上じゃ！」

白いローブに身を包んだコンロンの村長、ロリババアのアルカでした。

「そ、村長⁉」

「おぉロイド、久しいのぉギュットしてチュッチュしてくれんか？」

いきなり登場してハグとキスを求めるロリババアに真剣だった一同は白い目を向けます……向け倒します。

「何か邪(よこしま)なものが飛来したかと思いきや」

「悪意の塊に間違いはなかったわな」

「……悪意の原石」

しっかりツッコむ三人娘。

ロイドも場にそぐわないアルカのハグをかわしながら色々問いただします。

「村長⁉　ていうかコンロンの村はいいんですか？　倒れたソウさんや村の大事なものを守るために留まっていたと聞きましたが」

その問いにアルカは空気を呼んだのかハグ攻撃を切り上げ真剣に答えます。

「うむ、そのソウが目覚めたのじゃ。なにやらショウマに呼ばれた気がしたと言い出してのぉ」

コンロンの村は彼に守ってもらっていると言ったのち、アルカは辺りを見回します。

「というわけでエヴァ大統領――イブをとっちめに飛んできたというワケじゃ……んん？それらしき輩は見あたらんが……ってショウマ⁉」

ボロボロになって横たわっているショウマにようやく気が付いたアルカは飛び上がるほど驚き駆け寄ります。

「な、なんということじゃ……ショウマが、信じられんわい――てぬぉぉおい⁉⁉　イシクラ主任に麻子ちゃん⁉」

ボロボロのショウマを見た時以上に驚き腰を抜かしてしまうアルカ、へっぴり腰で何が起きたか尋ねまくります。

「サタン、マリーちゃん、メルトファン！　何が起きたというんじゃ⁉」

「あの師匠――」

サタンとマリーがこの場で起きたことヴリトラの暴走やイブの中身の正体、そして麻子から新たな体に乗り移ったイブが何処かへ行ってしまったことなどを伝えます。

ようやく理解が追いついたアルカは納得の表情です。

「そうじゃったか、通りで百年以上も生きていたが麻子ちゃんらしき人物に巡り会えなかった

はずじゃわい。まさに灯台もと暗し……いや、気付いてあげられず悪いことをしてしもうたわい」

研究員時代に語り明かした友人のような少女に申し訳なさそうな顔を向けるアルカ。

そんな彼女にメルトファンがショウマの容態を診るよう促します。

「アルカ村長、ショウマ君の怪我を診てやってくれませんか？　おそらくイブにやられたのでしょうがどうも奇妙な感じでして」

「すんません、力不足で」

頭を下げるコリンに「気に病むでない」と言い、彼女に変わってショウマの容態を診るアルカ。

「ぬぅ？」

しかし、アルカですら彼の傷を癒すことができませんでした。

「そ、村長？　ショウマ兄さんは大丈夫ですか？」

不安げにアルカの顔を覗き込むロイド。

彼女は眉をひそめて首を傾げます。

「うーぬ……死人以外は治せる自慢の回復ルーンじゃが……どういうことじゃ？」

彼女はおもむろに立ち上がると虚空を見上げます。

「おそらくイブの切り札というべき何かをショウマは受けてしまったのじゃろうな」

そして真剣な顔で独り言ちます。

「奴に聞くのが一番手っ取り早い。して、肝心のイブはどこへ向かったか……あっちか」

「行き先がわかるのですか？」

ロイドの問いにアルカは鼻を高くしました。

「得体の知れない悪意を持つ気配をちょっと探っただけじゃ。しかしあっちとは、まぁ予想通りじゃったな」

「予想通り？」

「リンコ所長の顔を拝みがてら聖剣を……最果ての牢獄の鍵を奪いに向かったようじゃ」

「アザミ王国ってことですか？」

「そうじゃ」とアルカは苦笑します。

「うむ。しかしあの国はつくづく戦いの舞台に選ばれるのぉ……さて」

アルカは今まで見たことない気迫でアザミ王国の方を睨みつけます。

空気が震える中、ロイドも他の面々もそろってアザミの方を見やりました。

「最終決戦じゃわい」


同時刻。

ウサギの着ぐるみと麻子の体を脱ぎ捨て自由と自分好みの美貌を手に入れ、さらに魔王の力を扱えるようになったエヴァ大統領ことイブ・プロフェンは楽しく空を泳ぎアザミ王国へ向かっておりました。

「いやっほ～い！　きゃっほっほ～い！」

よっぽど嬉しいのでしょう。底抜けに明るい声ではしゃぎながら上昇下降を繰り返し、思うまま旋回しながら雲の中を突っ切ったりと……ＲＰＧで初めて飛行船を手にした瞬間のような動きをしていますね。

戯れに地面スレスレを飛んでみては動物たちを驚かせたりする様はまさに子供。

そんな彼女は川の水面に手を浸け波飛沫をあげると、水面に映る自分にうっとりしています。

「理想の顔、理想のボディライン、若さに強さにエトセトラ＆エトセトラ……んもう最高ね」

イブはパシャンと水面を蹴り上げ水しぶきで虹を作ると独り言ちます。

「でもやっぱ私、強欲よねぇ……これだけのものを手に入れてもまったく満足できないんだもの」

自嘲気味に笑うと宙に漂いながらイブは鋭い眼差しで一点を見つめます。

それはアザミ王国のある方角。

視線の先にいるリンコや鍵である聖剣を睨んでいるような眼差し。

「聖剣奪って、最後にリンコちゃんの困った顔を見て、ぜーんぶ独り占めして元の世界に帰らせてもらうわよ」

愉しそうに笑ってからイブは一直線に遊ぶことなく真っ直ぐアザミ方面へと飛んでいきます。

場面変わって、そのアザミ王国城内。

「この感じに気配……何が起こったというの？」

聖剣を守るためお城に留まっていたリンコは異変に気が付き、いつになくシリアスな表情で目を見開き空を眺めていました。

体の芯から震える感覚にいても立ってもいられなくなったのか、聖剣の様子を見にこの場を離れようとしたところに近衛兵のクロムが現れます。

「り、リンコさま！」

「どうしたクロム君？　もしや聖剣に何かあったのかい⁉」

「いえ、そのような報告は受けていませんが……リンコ様こそ慌ててどうかしましたか？」

原因不明の悪寒の説明に困るリンコは「何となくよ」と言うに留まりました。

「それより何か異常でもあったのかな？」

「そうだ、ご報告を」とクロムは姿勢を正します。

「さ、先ほどユーグ博士が目を覚ましました！」

「ええ⁉　ユーグちゃんが⁉」

先の戦いで消耗しずっと昏睡状態が続いていたユーグが目覚めた……何かの前触れかとリンコは急いで彼女が眠っている地下へと駆け出しました。

が、その途中でよろめきながら歩くユーグと遭遇し二人は顔を見合わせて驚きます。

「ユーグちゃん⁉」

ユーグは逃げる素振りは見せず、むしろリンコを探していたかのような様相で彼女の顔を見ると安堵の息を漏らしました。

彼女は壁にもたれ掛かるとそのまま腰を下ろし、肩で息をしながらリンコを見やります。

「大丈夫なのかいユーグちゃん⁉」

リンコの問いに彼女は犬歯を見せる笑顔で強がります。

「やぁ所長。ちゃんと会話するのは百年ぶりかな？　いやもっとか」

「積もる話はあるけれど、そんな状況じゃないみたいね」

ユーグは「わかるのかい？　さすが所長」と笑いました。

「この禍々しい気配……ユーグちゃん何か知っているの？」

「あぁ、おそらくイブさん……エヴァ大統領だ」

「エヴァ大統領？」

「きっと新しい体に憑依し直したんだ。しかし性能の良い体に乗り換えたからって、ここまで禍々しい気配を放つとは……おかげで目が覚めちゃったよ」

リンコは「私の仮説を聞いてくれるかい？」とユーグに話し出します。

「アルカちゃんとも考えていたんだけど、死にかけていたエヴァ大統領は別の人間に憑依してこの世界に転生した……イレギュラーではないかと考えているの」

「別の人間だって⁉」

リンコはゆっくり頷いて仮説を続けます。

「だとしたら魔王としての力を発揮できなかったのも納得できるの、体は無関係の人間なんだもの。アラン君の斧にトニー……スルトが一時的に憑依していたことがあったけど本来の力を発揮できなかったし、十分立証できるわ」

合点のいったユーグ、しかしリンコの「転生」という言葉に疑問を抱きます。

「え？　転生？　どういうことだよリンコ所長、ここは地球じゃないのかよ？」

リンコはユーグにこの世界が地球ではなく異世界であることを伝えると目を見開いて驚きましたがすぐさま納得します。

「そうか、世界各地で見つかるオーパーツは地球の名残ではなく上級魔法の弾みで召還された残骸か」

過去、メナが見せた上級魔法「タイダルウェイブ」――召還された大量の海水は地球から運ばれたもの、アルカが使う隕石のルーンも地球のどこかにある岩を呼び出している……全てが繋がり研究者として納得します。

　そしてイブの振る舞いに一周回って感嘆の息を漏らすユーグ。

「だから着ぐるみで姿を隠し、地球云々が滅茶苦茶って何度も言ってボクに罪悪感を抱かせていたわけか。さすがやり手の占い師だっただけある、すっかりコントロールされていたよ」

「あの人はメンタリスト的なことに関しては一級よ、騙された自分を責める必要はないわ」

「責めるのは自分じゃなくてあの人ってことだろ、百年以上コケにされていたと知ったら落ち込むどころか怒りが湧いてくるさ」

　強がる言葉とは裏腹に沈痛な面もちのユーグ、イブに裏切られたことがやはりショックであるようですね。

　リンコはユーグに前を向くよう促しました。

「そうね、落ち込んでいる余裕はなさげねユーグちゃん。イブ本来の魔王としての力がこれほどまでとは……いったいどんな能力を有しているというの？」

　その疑問にユーグは吐息混じりで答えます。

「イブさん本来の力はわからないけど、彼女が憑依したニューボディに備わっている力はわかるよ……なんたってボクが開発したからさ」

「そのニューボディに何があるっての？」

「……全部さ」

「全部？」

全部、その意味をユーグは白状するように説明します。

「今までボクが抽出してきた魔王の力、全部さ。アバドンにトレント、サタンとスルトだって含まれているよ」

「アバドンだけでなくサタンさんやスルトさんも⁉」

会話に入れず黙って聞いていたクロム、これにはたまらず驚いてしまいました。

片やリンコは「なるほどね」とざわつきの原因がわかり逆に落ち着いています。

「ど～りで異様で禍々しい気配がプンプンすると思ったわ、本人の魔王の資質に加えて他の魔王の能力なんて……人体改造人間以外じゃミコナちゃんくらいなものよ。そう考えるとあの子ヤバいわね」

「うん……異常だからね、あの娘は」

トップクラスの科学者二人にラスボスと同じくらい異常と断言されたミコナは泣いていいと思います。

クロムが「魔王ならばコンロンの村人がいるではないですか」と言い出します。

「魔王退治のスペシャリスト、コンロンの村人がいるではないですか。最果ての牢獄から湧き出る連中を毎日葬っている彼らが束になってかかれば」

しかし、またしても沈痛な面もちになりユーグは申し訳なさそうに独り言ちます。

「コンロンの村人が束になってかかれば勝てるかも。でもイブがアレを使いこなせるようになっていたら――」

その言葉の途中で何者かの殺気を感じ取りリンコは身震いします。

「来るわね」

「リ、リンコ王妃。来るとは？」

四角い顔を角張らせ恐々とするクロムにリンコはいつもと変わらない気さくな笑顔で指示を出します。

「あぁ、あーんま気張らなくて良いわよ。クロムはルー君……アザミ王をちょっと奥に避難させてくれれば大丈夫だから」

「だ、大丈夫って⁉」

「お目当ては私と聖剣だからさ。それ終わったら全国民全軍人に非常事態命令を出しておいて」

「そ、それって大事では……」

狼狽えるクロムの尻をユーグが叩きます。

「おっさん、軍人の指揮を任せられるのはアンタぐらいしかいないんだ。こっちはこっちで動かなきゃならないからさ」

「わ、わかったが……信じていいのか？」

ユーグはアメを口にくわえるとカロカロ鳴らします。

「信じろってボクが言うのも変だけどさ」

ユーグはギザギザの犬歯をアメにつきたてバキリと割ってみせました。

「散々騙された鬱憤が百年分は溜まっているんだからねぇ……あイタ」

そんな彼女の頭をリンコがポカリと叩きます。

「頭に血が上ったままじゃあの人には勝てないぞ、病み上がりのユーグちゃんは休んでいなさいな」

「でも」

「ヴリトラ……イシクラ主任だったら休息も取れ、労基に引っかかったら書類の山が届くぞと無理矢理休ませるでしょうね」

ヴリトラに罪悪感があるユーグは大人しくなりました。

「ドゥーユーアンダスタンデゥ？」

「わーかったよ」

「その代わりルー君と一緒に隠れながら守ってあげてね、あぁそれと私の大事な人だから誘惑しないように」

「はいはい、じゃあオッサン、案内してよ……ウグ」

まだ本調子ではないユーグはふらつきます。

「大丈夫？」

「強がりたいけど、正直キツイ、夜勤明けみたいに眠い」

そして彼女は眠気をこらえ最後の力を振り絞ってリンコに伝えます。

「リンコさん……イブに与えたボディはボクの最高傑作だ。今まで研究し応用してきた魔王の力を全て使えるだけでなく……コンロンの村人対策も完成しているかもしれない。あなたが頼りだ」

頼りと言われ、リンコは気丈に笑ってみせるのでした。

「なるほど、お相手はラスボスに相応(ふさわ)しい強さをお持ちってことね。やりがいあるじゃない」

「まったくもう、ゲーム脳なんだから……」

限界がきたのかそのまま眠りにつき始めたユーグ。

彼女を抱えたクロムがリンコの心配をします。

「ユーグ博士の言葉を額面通りに受けると相当強大な敵なのでは……」

「でしょうねぇ」

あっけらかんと返すリンコにクロムは口をあんぐりさせるしかありません。

「んなっ」

「狡猾(こうかつ)なイブに魔王の力全部載せ、コンロンの村人対策も完備——」

そこまで言ったリンコは笑います。

強がりではなく自然な笑みを浮かべていました。

「でもねぇ、私は一人じゃないもの。守る者があって仲間がいて。わかるかね？」

「わかります」

即答するクロム。リンコの笑顔の理由がわかり、つられて笑っていますね。

「じゃあ、もうそこまで来ているから急ぎましょう」

「そこまでですか？　時間がありませんね……うむ」

タイトな時間に唸るクロム。

そこに人影が近寄ります。

「――話は聞かせてもらいました。時間稼ぎならば私に命令を」

「き、君は！」

さぁ、この時間稼ぎに名乗り出た人物とはいったい誰なのでしょうか？

「命くらい賭けますよ、愛しのマリーさんのためですから」

……もう、バレバレですね。


小一時間後。

イィィン――

風切り音と共にイブは目標に向かって真っ直ぐ突き進んでいました。

大小様々な街道が交わり太く大きな道になり始めた頃、肉眼でアザミ王国が見える場所まで接近していました。

「さーて、目標を肉眼で発見ねぇ……んん？」

アザミ王国手前の平原に差し掛かった頃。

異様な気配を察したイブは身を翻し宙を旋回し始めます。

「何かしら？　あら？」

目を凝らす先、平原のど真ん中に待ちかまえる一人の少女。

「………ふん」

突き刺すような目つき。

そこにいたのは仁王立ちで腕を組んでいるミコナでした。

ミコナ・ゾル——

ロイドが所属する士官学校の上級生、不可抗力で魔王の力を手にしてしまった少女。

そしてマリーさん大好きぞっこんラブのお方——

そんな彼女は登場初期のような憎悪を身に纏いイブを待ちかまえています。

イブはくるりと舞い彼女の前に降り立つと慇懃無礼に一礼しました。

「何かご用かしらお嬢さん」

白々しい態度。

ミコナはなおも睨んだままです。

イブはわざとらしく困った顔をしました。

「ん〜何か言ってくれないと困るわねぇ——」

「イブ・プロフェンね」

急に名前を呼ばれたイブはクフりと笑ってみせました。

「あらわかる？　ついさっきまでウサギの着ぐるみキャラだったからわからないかと思ったけど……気品が溢れ出ちゃっていたの——」

「御託は良いわ」

二度も台詞を遮られたイブはつまらなそうに口をとがらせます。

「何？　私をプロフェン王国の王様と知っての狼藉かしら？」

ミコナは鋭い眼差しのまま臆することはありません。

「あなたが諸悪の根元で色々やっていたのは聞いたわ。私が魔王の力を植え付けられた遠因を作ったのがあなたということも」

それを聞いたイブは首を傾げます。

「えっと、ノリノリで魔王の力ドリンクを二つチャンポンしたって聞いたけど」

「御託は良いわ」

都合の悪いことはちゃっかり忘れることができるミコナさん。まったく悪びれる様子はございません。

その言い切りっぷりにイブの方が若干恐縮し始めていました。

「あ、うん……なんにせよワザワザお迎えご苦労様。逆恨みってところかしら？」

「それもあるわ！」

急に声を荒らげるミコナにイブは思わず身をすくませます。

「いきなりどした⁉　ってか『も』ってなにさ？」

ミコナは次の瞬間、目をとろけさせます。豹変ぶりにさしものイブも引き気味です。

「何よりも！　あなたをここで食い止めて欲しいとマリーさんのお母様……お義母様のリンコさんから直々に頼まれたのよ！　肉親のポイントを稼いで外堀を埋めるチャァァンス！」

はい、先ほどの人影はミコナでした。

普通にアザミのピンチを嗅ぎつけ駆けつけたミコナでしたが……リンコがマリーの母親と知ってマリーぞっこんの彼女は「命に代えてもイブなんちゃらを足止めします」と志願したのです。

その時のリンコとクロムの顔は残尿感たっぷりだったと付け加えておきますね。

「私利私欲……いや、わかりやすいけどさぁ……アザミ王国のトップバッターがコレ？」

「聖剣を奪うついでにアザミ王国をめちゃくちゃにしようという魂胆は見え見えよ。それを食い止めマリーさんにナデナデしてもら――っと、いちアザミ軍人として見逃せないわ！」

「見逃せないわ」と実に凛々しい口調なのですが顔は非常にだらしなくなっているミコナさ

んでした。

「ちょっと顔かお！　……んもぉ、私にツッコませるなんてアザミ王国は粒ぞろいね」

感服するイブの前で、よだれを垂らしアザミの未来ではなくマリーとのただれた未来を妄想するミコナ。

人を振り回すことが大好きなイブが振り回されていますね。

「と、いうわけで全力で相手をさせてもらうわイブ・プロフェン」

そう言いきった次の瞬間戦闘モードにはいるミコナ。

魔王アバドンの力である極彩色の羽を羽ばたかせ、トレントの力である木の根を伸ばし構えました。

それを見たイブ。実に愉しそうに笑います。

「くふふ、ウォーミングアップが足りないと思っていたのよ。いいわ、相手をしてあげ――」

「シネェエエ！　私とマリーさんの輝かしい未来のため！　そしてついでにアザミ王国のため！」

「人の話を最後まで聞きなさいよ！」

話なんか聞いちゃいねぇ、欲望まみれのミコナは有無を言わさずイブの命（タマ）を奪いに仕掛けます。完全に鉄砲玉ですね。

ウネる触手のような木の根を伸ばすミコナ。

イブは宙を飛んで軽々とかわしてみせます。

「国がついでって正直すぎない？　まぁいいわ、なぶってあげる」

扇情的な目つきになるイブは手始めにミコナと同じトレントの根っこを伸ばし応戦します。

「なんですって？」

同じ技で応じてくるイブに目を見開き驚くミコナ。

初めてイニシアチブを取れたとイブは嬉しそうです。

「あなたが実験台になってくれたおかげで私も使えるのよ、その技」

愉しそうに木の根っこを伸ばすイブ。

ミコナとイブ、両者の木の根が絡まり合い、まるで手四つのような体制になりました。

「ぐ、ぬぬぬ……でも、根っこの扱いじゃ私の方が一日の長がありそうね」

この攻防、予想に反してどうやらミコナの方が有利の模様です。

しかしイブは余裕の態度を崩しません。

「さすがトレントの先輩ね……でも」

「!?」

次の瞬間、イブは口元から炎を吐き出しました。

魔法詠唱のない、魔石でもない、モンスターが使うような純粋な炎の息。

詠唱にならばカウンター能力を有しいくらでも対応できるミコナですが炎の息にはお手上げ。

無防備にその炎を浴びてしまったのでした。

「わぎゃぎゃ！　あっつ！　って何？　魔法じゃない⁉」

間一髪、木の根で壁を作り直撃を免れたミコナ。

しかしその壁のせいで視界を遮る形になってしまい、イブの次の一手を見逃してしまいます。

「あっそーれ」

死角から打ち込まれるは堅くて大きな「岩の腕」。

怪盗ザルコの魔王の力「ゴーレム」、その片鱗(へんりん)です。

「しまった！」

柔から剛。

まったく質の違う攻撃に翻弄されミコナは溜まらず吹っ飛ばされてしまいました。

「いいわねぇゴーレムの腕、鈍器で殴った爽快感があるわ」

吹き飛ばされ地面をえぐるくらい飛ばされたミコナですが、イナゴの魔王アバドンの力で外郭を身に纏い致命傷は免れたようでした。

「ぐ、ぬぅ……魔王の力全部使えるとざっくり聞いていたけどこんな感じなのね……」

「ミコナちゃん弱気になった？」

「やりがいがあるわ！　困難を乗り越えてこそ愛は実るのよ！」

なおも闘志満々のミコナ。

イブはそうこなくっちゃとなんだか嬉しそうです。

「あらしぶとい、でもコレならいかが？」

イブはゴーレムの腕、その指先をミコナに向けます。そして――

「ルーン文字砲……だったかな？　まぁ何でもいいわ、発射」

「え？」

――バシュン！

電気が弾けるような音と共にミコナの立っている場所に閃光が放たれ火の手が上がります。

何とかよけるミコナ。

自分の立っていた場所が一瞬で焼け焦げぞっとしているみたいですね。

イブはありゃりゃと間抜けな声を上げます。

「動く的に当てるのって難しいものね。大昔に銃の射撃訓練をやらせてもらったのを思い出したわ。何回か撃つと上手くなってはいくんだけれども肩を痛めちゃうのよね。反動がキツくてさ」

立ち込める煙に向かって語るイブ。

その思い出話にもすぐに飽きたのか、再度指を向けます。

「でも、この攻撃は反動がないから何発でも撃てそうね。ちょっと土煙が立ち込めちゃうのが難点だけど」

――バシュン！　バシュン！

セリフ終わりと同時にルーン文字による光線を撃ちまくるイブ。真剣に狙いを定めることなく雑に撃ち続けています。

「十何発も撃てば二、三発くらいまぐれ当たりしてくれるでしょ。さーて、そろそろリンコちゃんのところに向かおうかしら。煙いし」

もくもくと立ち込める土煙に踵を返すイブ。

「さてさて、待っていなさいリンコちゃ――」

ザシュ！

しかし、油断したイブ目掛けミコナが特攻を仕掛けてきました。

「うおぉぉぉ！」

「あちゃぁ、油断しちゃったわね。まさか全弾外しちゃうなんて」

全然慌てていない感じでミコナから距離を取るイブ。頭を掻いて自嘲気味に笑います。

「私ってばとことん射撃に向いていないのかしら。向こうの世界でも逆に麻子ちゃんに銃を奪われて撃ち殺されちゃったし……あら？」

ルーン文字砲を外したと思っていたイブ。

しかしミコナの体には光線で焼かれた痛々しい痕が残っていました。

血が噴き出て肉が焦げる臭いを漂わせながらもミコナはイブに食らいつきます。

「え？　当たっているじゃない」

「当たり前でしょ！　いったいわよ！」

びっくりしているイブをミコナが叫びながらぶん殴ります。

もろに顔面で受けてしまったイブは殴られた個所をさすりながら呆気に取られています。あまりダメージは受けていないみたいですね。

一方、ミコナは満身創痍ですが髪を振り乱し前のめりになりながらも攻撃の手を緩めません。

イブは致命傷を負いながらもなお立ち向かう彼女に戦闘中にもかかわらず疑問を投げかけます。

「何で動けるの⁉　そんな怪我で動き回ったら死ぬわよ⁉　怪我を負わせた私が言うセリフじゃないけど！」

その問いにミコナはイブの胸ぐらを摑みながら答えます。

「怪我をしても！　優しく治してくれる人が！　いるからよ！」

ババンという効果音が付くくらい堂々と言い放つミコナにイブは思わず狼狽えます。

「いや、致命傷じゃん」

「生きていればオッケー！　傷が深いぶんめっちゃマリーさんに看病してもらえると思えたら苦じゃないわ！　違う⁉」

「あ、はい」

理解の追い付かない力説をされ言葉少なに頷くしかないイブ。何を言っても聞かないだろうと諦めの境地に達しているのでしょう。

血を流しすぎて意識が混濁しているのか、ミコナは話しかけているのか独り言かも区別のつかない言葉を呟き続けます。

「私を必要としてくれる人がいる、怪我をしても治してくれる人がいる、心配してくれる人がいる、好きな人がいる……生きる喜びってそういうことじゃない！」

「……」

「誰かに必要とされる人間の強さ！　見くびってもらっちゃ困るわよ！」

意識が朦朧とする中、果敢にイブを攻めるミコナ。

プシュ――

そんな彼女の顔にイブは霧状の何かを吹きかけます。

「あ……」

それを吸い込んでしまったミコナは一瞬で白目をむいて倒れてしまいました。

イブはつまらなそうな顔で地に伏す彼女を見下しています。

「魔王ディオニュソスの昏睡の霧……死にかけがアルコールに近い毒を一気に吸い込んだらさすがのあなたも一発ね。しかし――」

吐き出すようにイブは倒れたミコナに向かって言葉を続けます。

「生きている喜びを私に説教するなんていい度胸よ、必要とされる程度で満たされる人間だったらこんな世界で魔王になんてなっちゃいないわ」

それだけ言い放ったイブはアザミ王国に視線を戻します。

「その必要とされている人間が暮らすアザミ王国を潰されたらどんな顔をするのかな？」

イブは「精々むせび泣くと良いわ」と言い残しアザミ王国に歩を進めます。

「……なーにが生きる喜びよ」

ぶつくさ言いながらイブは歩きます。

自分に無い物を原動力としてボロボロになりながらも誇らしげに立ち向かってきたミコナ。そんな彼女に胸のどこかをチクリと刺されたような……もどかしい苛立ちを抱えイブはアザミ王国に向かうのでした。

そしてアザミ王国、ノースサイドの入り口付近。

昼夜を問わずひっきりなしに商人に観光客、馬車などが行き交う国の玄関口ですが、今は妙に静まり返っていました。

固く閉ざされた門、普段締められない門が閉められ異様な雰囲気を醸し出しています。行きつけのコンビニのシャッターが閉まっていたら事件か閉店か不穏な気持ちになっちゃうようなものです。

そして見え隠れしているのはアザミの軍人たち。

その様子を目にしたイブは大きく嘆息（たんそく）します。

「やれやれ、ミコナちゃんの時間稼ぎは大成功。してやられたというわけか」

門の前でまるで待ち合わせをしていたかのように柱に寄りかかっていた人物が手を上げ歩み寄ってきました。

「お久しぶりです、ずいぶん若くなりましたね大統領、いやプロフェン王国のイブ様」

リンコです。ゆっくり近づいて挨拶（あいさつ）を終えると上着のポケットに手を突っ込みます。

気楽に笑顔を浮かべこれからどっか駅前の飲み屋にでも行くかのような雰囲気ですね。

「ずいぶん大げさな歓迎ねリンコ所長。いえお妃様」

イブは後ろの方で倒れているミコナを親指で示しヘラヘラ笑います。

「時間稼ぎの人柱さんは後ろで寝ているわよ。相変わらずドライねぇ所長さんは」

「ん～こう見えてもウェッテイになったんですよ。性格も人生もね」

喋（しゃべ）りながらちょいちょいと指で後方に合図を送るリンコ。するとミコナの同級生たちが彼女が倒れている場所に駆け付けます。

「ふーん、慕われているわねミコナちゃん。なるほどなるほど、そりゃ頑張るわ」

「ちょっと前は色々あったみたいだけどね……しかし意外ね、彼らを見逃してくれるんだ」

「気まぐれよ、目を覚ましたらアザミが壊滅しているのをあの子が見たらどんな顔をするかと思っただけ。じゃあちょっとお邪魔するわね――」

アザミ王国に入ろうとするイブ。

それにリンコが待ったをかけます。

「悪いけどウチの敷居は跨がせないわよ」

「ウチねぇ」

感心するような呆れるようなそんな眼差しのイブ。

同郷の異邦人に「ここが故郷」だとさらっと言われ、少しいじりたくなったみたいです。

「家庭なんて省みないタイプの研究者肌だと思っていたんだけどねぇ、ずいぶん変わっちゃったわね」

リンコは「何度も言われた」と少し辟易したような顔で返します。

「そこだけはアナタに感謝しているのよ、目的は別のところにあったとはいえ大切な物を手に入れられたんだから」

「研究所の所長時代から家庭を持つように促してその家族を人質にあなたを支配下に置こうと思っていたけど、それを異世界に来てからやられても、ちょっと遅いわよ」

「だからこそ、出会えた人間もいた、本当にそこだけは感謝しているわ」

奇しくもミコナと同じ仁王立ちで構えるリンコにイブはわざとらしく肩をすくめます。

「大切な物？　家族なんて足かせに過ぎないと思うんだけどねぇ」

「持ったらわかりますよイブ様、足かせどころか推進剤だってね」

ゆっくりと、そんな他愛もない舌戦のジャブを繰り広げながら距離を詰め合う両者。

「あなたとやり合う日がいつか来ると思ったけど、こんな異世界でステゴロでやり合うなんてねぇ」

「長い人生何が起こるかわからないものですよ。だって社会不適合者の私が家庭を持つことだってあるんですから」

「じゃあ尋常に」

「尋常にですね」

言葉を交わした瞬間、二人はその場から消えます。

立っていた場所にはちぎれた草原の葉っぱが舞うだけ。

そして――

ドッゴン！

大型トラック同士が正面衝突したような轟音。

和太鼓を間近で叩かれた時のような衝撃が見ている者を襲います。

戦場に慣れている軍人たちですら驚きの声を上げてしまうほど。

その正体はリンコとイブ両名が拳をぶつけ合った時の音でした。

ボクサーのゴングが鳴ったあと拳同士を付き合わせる仕草が如く……まさに両名にとっての

「挨拶代わり」の一撃でしょう。

しかも轟音を巻き起こすのは運動不足な研究者風の女性とスレンダー美女。

アンバランスで不気味な光景に見るもの全てが度肝を抜かされています。

「エヴァ大統領！」

「リーン・コーディリア所長！」

ドッゴン！

互いの昔の名前を呼び合いながらもう一発。

「――ッ！」

拳同士の押し合い、勝ったのはリンコでした。

川面を跳ねる水切り石のように草原を転がるイブ。

遙か遠方の雑木林にぶつかりようやく止まりましたが……

「純粋なパワーはリンコちゃんの方が上か」

何事もなかったかのようにムクりと起きあがります。

リンコも殴り勝った程度では安堵できないようで構えを解くことなくたたずんでいます。それだけイブを警戒しているのでしょう。

「あなたの『売り』はパンチじゃないでしょ、イブ・プロフェン」

見透かしたようなリンコの問いかけ。

イブもあけすけに返します。

「今、私がギアを上げる前に倒せちゃったらいいなって本気で殴ったでしょ……オードブルだけで満足させようとするシェフってせこいと思わない？」

ゆらりと構えるイブはコンシェルジュを呼ぶような仕草で虚空をなぞります。

「ッ⁉　ルーン文字⁉」

イブが何をしようとしているかすぐに感づいたリンコは後方に待機している軍人や冒険者たちに問いかけました。

「国民の避難は間に合った⁉」

リホの姉貴分であるロールがそれに答えます。

「ギリギリ間に合いましたわ、戦闘要員でない軍人も城に待機しております」

続いて冒険者ギルドのカツ・コンドウが叫びます。

「リンコさん！　冒険者ギルドの連中も万全の状態です！」

ガシャンガシャンと両手に持った盾(たて)をシンバルのように打ち鳴らす盾使いガストンも吠えます。

「リンコさーん！　このスライム三百匹に囲まれて無事生還したガストン・テン！　いつでも――」

「あーはいはい、んじゃあ……」

ガストンの口上を最後まで聞かずにリンコは指示を飛ばします。

「全軍！　襲撃に備えて！　魔王の手駒が総出で来るわよ！」

「「了解！」」

軍人たちや冒険者たちが叫ぶと同時に──

ブゥゥン……ウゥゥン……

気色の悪い羽音が上空から聞こえてきます。

飛来するは巨大なイナゴの群。アバドン襲撃の時やマリアスタジアムでの決戦の時を彷彿とさせるような光景でした。

しかし、それだけではありません。

イナゴが足で摑んで運んでいる謎の物体。

近づくにつれその全貌が明らかになってきます。

「あれは……例のカラクリ騎兵、それにスルトのコピー⁉」

イナゴだけでも驚異なのに火を噴く亀と並の軍人を凌駕する膂力の持ち主カラクリ騎兵。

まさに総戦力といった敵戦力にさしものリンコも汗を滴らせます。

「想像より数が多いじゃない、オードブルもそこそこにいきなりメイン出してくるシェフは無粋よ」

「ワビサビをわからない女でごめんなさいね」

おどけるイブにリンコは少し余裕なさげな表情です。

「火を放つ重戦車タイプ、空を飛ぶ虫タイプに加えて並の軍人じゃ太刀打ちできない機械兵器……ムリゲーに近いわね」

「嘆いている暇はあるかね？　リンコちゃ～ん」

対してイブ、余裕たっぷりでおどけて見せています。

余裕綽々な彼女にリンコは苦い顔を向けます。

「この戦いに全戦力を投入してくるとはね」

「確かに手駒を全部投入予定よ」

さらりと認めるイブ。

「想定外」とリンコは拳を強く握りしめます。

そんな彼女にイブは勝ち誇ったように講釈を垂れました。

「こう考えていたんでしょ？　いくらなんでも聖剣奪取したあとコンロンの村を攻略するために戦力は温存するだろう。だからこんな大規模な攻撃はしてこない……ってね」

「……」

無言を返すリンコ、正解だと答えているようなものでした。

「加えるならロイド君やショウマ君、フンドシ男を送り込んだのだから私が無傷でパワーアップして来ること自体も想定外だったんでしょ」

リンコは苛立ちを隠すことなく舌打ちします。

「ここまで思い切りよく戦力を投入できるなんて……何か奥の手でも？」

「あらわかっちゃう？　でも教えてあげないわよん」

奥の手が存在することを隠さないイブから「奥の手」の自信が窺え、リンコは苦い顔をしました。

「その顔……ユーグちゃんの懸念が当たっているなら、私が何とかしないとダメか……」

「くっふっふ〜ん。全兵力全ツッパしてあげるんだから光栄に思いなさいな！」

初めて明確にリンコから一本とれたイブはキャッキャしながら指揮します。まるでおもちゃをもらった子供のようなはしゃぎっぷり。

リンコは無理矢理に口元をつり上げ強気に笑うのが精一杯でした。

「せめてこの場にロイドたちがいてくれれば……計算ミスったわね……ッ⁉」

その生じた隙を見逃さないイブは一気にリンコとの距離を食いつぶし殴りかかります。

今度は素手ではなく拳をゴーレムに変えて。

「ぐぬぅ！」

顔を殴られうめくリンコ。

イブは彼女の表情を観察し楽しみながら殴る手を止めません。

「さーて、魔王の力を全部手に入れた本気の私と後ろを気にして戦う余裕が果たしてあるのかしら？」

「ぐぁ！」

動きが止まったところを今度はトレントの木の根で縛り上げるイブ。

リンコはそのまま宙につり上げられてしまいます。

「……ッ」

「あら、案外あっけないものね。ミコナちゃんの方が驚異だったわ」

腫(は)らした瞼(まぶた)の隙間(すきま)からリンコはイブを見やります。

「誰かは知らないけど他人に憑依して魔王の力を使えなかった……だからユーグちゃんに自分の理想のボディを作らせたんでしょ」

敗戦を認めたあとのアフタートークと思ったイブは話に付き合ってあげるようです。

「実は神様の悪戯(いたずら)でイシクラ主任の娘である麻子ちゃんに魂だけ乗り移っちゃってさ。だから魔王の力を私は使えなかったわけ。私の二つ名は差し詰め『幽霊の魔王』といったところかしら？」

目を見開いて驚くリンコ。

「そうだったの……そこまでは考えが及ばなかったわ。ともかく、よく魔王の力を全部集めるなんて『無謀な』ことができたのね」

「無謀？」

聞き返すイブにリンコはゆっくり説明します。

「ゲームマニアの私がこっちに来ちゃった時の弾みで研究所にいた全員に魔王という設定がついちゃったの。自我のない人間ほど最初はモンスターみたいな姿で……理性を取り戻すほど全盛期の自分に姿が戻っていく。アルカちゃんが弟大好きだった九歳の頃の姿で、おそらく巻き込まれた庭師のおじいちゃんは自我を保てずトレントの魔王『アールキング』になったわ」

「何が言いたいのかしら？　冥土(めいど)の土産(みやげ)に自分の見解を教えてくれるってキャラじゃないでしょ？」

訝(いぶか)しげな顔のイブ。

リンコは「あら、わかりませんか？」と笑っています。

「魔王の力を詰め込めたってことは『自分がない』ってことの裏返し。独占欲は人一倍あるけど、それだけの空虚な人間」

「最後に説教するキャラだっけあなた？」

苛立つイブ。

しかしリンコの目は最後の悪足掻(わるあが)きをする人間の目ではありませんでした。

まだ勝ち筋が残っている、そんな人間の目です。

「知っている？　魔王ってのは一回やられたあと真の姿をお披露目するものよ」

「今度はレトロゲームの話かしら？」

「それは自分を爆発させる、魔王の本能を剝(む)き出しにすること……それが第二形態」

「あぁ、ユーグちゃんが獣みたいになったやつね。確かに今はなれないけどいつか――」

その言葉をリンコがピシャリと押さえます。

「無理ね、いろんな魔王の力を詰め込めるってことは第二形態になれないことの証明！　私とあなたとの差！　そこに勝機がある！」

そこまで言ったリンコは目を見開き腹に力を込めました。

「あんまり人前でやりたくないんだけどね、怖がられちゃうし」

ミシリミシリ、肉が膨張する音が聞こえてきます。

「……私になくてあなたにある切り札ってことねぇ……つくづく楽しませてくれるわね、所長」

変貌（へんぼう）していくリンコを見てイブは愉しそうに笑います。

「怖がらないでねイブさん、竜になった私の姿を」

刹那（せつな）、肉が裂け、ドクドクと脈打つ音が辺りに響きます。

縛り上げたトレントの木の根が悲鳴を上げパツンと弾けます。

「そ～んな姿見たら、旦那さんもマリーちゃんも逃げ出しちゃうんじゃない？」

「揺さぶっても無駄よイブさん、ウチの家族はそんなヤワじゃないから」

言葉を言い終えた瞬間。カッと光が彼女を包みます。

そして、リンコは大きな竜の姿へと変貌しました。

二足歩行の黄金竜。

スマートなティラノサウルスを連想させるそのフォルムは凶暴さと神々しさを併せ持つ神秘的な姿でした。

まさに竜の王とでも呼べるリンコの第二形態を見てイブは感嘆の声を上げました。

「思ったよりカッコいいじゃない、自治領で伝説になった竜神様のモデルってあなただったの？　だとしたらアンズちゃんに見せてあげたいわね～喜ぶわよ」

「イブさんを倒したらもっと喜ぶでしょうね」

「アンズちゃんには悪いけど、それは残念ながら夢物語よリーン・コーディリア」

「へぇ、ずいぶんアンズちゃんのこと気にかけますね」

「初めて気が合う友達だったからね――オゥ！」

そんなやり取りの最中、リンコの振り回すしっぽにイブは吹き飛ばされます。

自重を支えるほどの大きなしっぽは太く大きなしなる鞭。

破裂音、衝撃音、衝突音――どれとも似つかぬ爆音が轟きました。

それが開戦の合図かのようにワーワーと勇ましいかけ声がアザミ王国の各地から上がりました。

「そりゃ！」

しっぽでの追撃。

吹き飛ばされたイブは地面に叩きつけられめり込みます。

リンコが押す度に上がる歓声。

竜の姿になった彼女は小さな前足を上げて歓声に答えます。ちょっぴりはにかんでいる表情が窺えますね。こんな姿になっても応援してもらえると思っていなかったみたいです。

この状況に不満のイブ。すぐさま起き上がり肩をすくめます。

「大怪獣映画で応援されるゴ○ラの気分が味わえてるんじゃない？」

「ならそっちはメカなんちゃらねイブさん」

「まぁ自分の体がサイボーグの類なのは否めないわね」

リンコはイブの言葉が終わると同時に灼熱の業火を口から吐き出します。

その息吹に対抗し炎の魔王スルトのブレスでイブは応戦しました。

似た能力の力比べ。

まだ余裕だと暗にアピールしているのでしょう。

「まだ粘りますかイブさん！　早く倒して他のみんなを助けに行きたいんですけどねぇ！」

灼熱の息吹を切り上げ噛みつき攻撃に切り替えるリンコ。

それを見越したイブはゴーレムの腕で受け止めてみせます。

「あら、警察犬の訓練で見たわねこういうシーン」

「グルル……」

まだ余裕たっぷりのイブ。

リンコは「なぜここまで余裕があるのか」と疑問に思い始めます。少なくとも戦力的にはこっちの方が上、相手は飄々とはしているけど全て後手に回っている……

「まさか勝ち目がないから虚勢を張っているの？」

素直にイブに聞くリンコ。

その問いかけにイブは悪意に満ちた顔で笑いました。

「くっふ～ん、では疑問に答えるべく、そろそろ奥の手を出しちゃいましょうか」

「なんですって？」

驚くリンコが噛みつきを緩めた瞬間を狙って、イブはぬるりと抜けだし――

「よいしょっと」

「何!?」

そのまま自分の影に潜り込みました。

「しまった、瀬田君……サタンの力を忘れていたわ」

リンコは影から距離を置くと出てきた瞬間を噛みついてやろうと前傾姿勢で構えます。

――が、イブは影に潜ったまま一向に出てきません。

「どうしたの？　まさか逃げるつもりで？」

「なわけないじゃな～い」

余裕綽々なイブの返事。

そして次の瞬間、影から出てきたのは――

「ガウ！」

「え？」

それは狼でした。いえ、ただの狼ではございません。植物のツタに全身を覆われた狼のような四足歩行の何か……思い当たる節があったリンコは思わず声を上げてしまいます。

「これはディオニュソスの狼……」

「ご名～答～！　ご褒美にたくさんプレゼントするわね」

次の瞬間影からポンポンポンポンと奇っ怪な狼が飛び出し、リンコに目もくれずアザミ王国へと駆け出していきました。

「し、しまった」

先ほどの召喚で全戦力を投入していたと思い込んでいたリンコ。

イブは影の中から飛び出すと空に浮かんでニタニタ笑っています。

「波状攻撃は戦争の基本じゃない……あぁ、研究職の人にはわからないか」

「くぅ、シミュレーションゲームの嫌なパターンを失念するなんてゲーマー失格ね」

「くひゃひゃ！　そんな図体になっても顔色が悪いってのはわかるものね、勉強になったわ」

よっぽど嬉しいのか馬鹿笑いを始めるイブ。

「く、くそ……」

イブと戦うか、それとも国のみんなを守りに行くか。

その二択を迫られ一瞬の隙がリンコに生じてしまいます。

イブはそれを見逃しませんでした。

さっきまでの余裕たっぷりの態度とはまったく別、殺しにかかったイブ。

楽しむ雰囲気もなく俊敏な動きでリンコの喉元に拳を突き立てます。

「――くたばりなさい」

たとえるなら先ほどまでが試合――

それが一瞬にして殺し合いに早変わりしたようなものです。

その緩急について来れなかったリンコ、イブの術中にハマっていたようなものですね。

自分の強さをひけらかす場ではなく淡々と仕事をこなす……書類に判子を押すように命を奪いにきたイブにリンコは遅れを取ってしまったのでした。

拳を突き立て鮮血を浴びるとイブは笑います。

饒舌な彼女がニヤリと笑うにとどめるくらい勝ちを確信した――そんな雰囲気です。

「ほら、言ったじゃない、足かせだって。ズバリじゃないの」

守る者がいるから強くなれる、そう力説していたリンコの信条をただの「御託を並べただけ」に貶めた優越感に浸っているイブ。

それを感じたのかリンコは喉元から鮮血を吹き出しながらもがきます。

「負けるもんですか！」

「あら、そんな興奮しちゃだめよ」

　至近距離で灼熱の息吹を放とうとしたリンコですが、喉元に突き立てられた拳のせいで思うようにいきません。

「ぐ、ぐぬぅ」

「ちょっと喉の調子が悪いのかしら？　大変ねぇリンコちゃん」

　気遣う素振りを見せながらイブの猛攻が始まります。

　至近距離で無防備なリンコに殴る蹴るの雨霰。

　好きな場所を好きなだけ打てる……ボクササイズのサンドバック状態。

　防戦一方になってしまったリンコの姿を見て軍人たちからどよめきに似た声が挙がりました。

　どよめきは今のイブにとっての最高のガソリン。

「くふっ……くひゃひゃ！」

　笑いをこらえられず声を上げながら殴る蹴るに拍車がかかります。

　しかし、倒れてもいい頃合いにもかかわらず未だ耐えきるリンコに腹が立つようで、だんだん苛ついてきているのがわかります。

「往生際の悪い、昔はすぐ仕事投げ出したじゃないの！　情の力⁉　ドライでしょアンタ！」

「だ、から……ウェッティになったんですって！」

「血にまみれてウェッテイになっているなら早く倒れなさい！」

「倒れるかってのぉぉぉ！」

リンコは怒号にも似た声で叫びます。

それは相手を威嚇（いかく）するというより、自分を鼓舞するような魂の叫びでした。

「諦めなさいってのＩ」

「諦めなければ何かが起きるってね！　あの少年が教えてくれたから！　残念ながら往生際が悪くなったの！　ゴメンネ！」

「ロイド少年症候群!?　処置なしねリンコちゃん！」

もう幕を引こう……イブが喉に突き立てた拳に力を込めたその時でした。

リンコが諦めの悪さを学んだ少年——

ロイド少年症候群……その当事者が降臨しました。

「大丈夫ですか!?」

「ろ、ロイド君!?」

「げ、げぇぇ！　ロイド少年んん!?」

喜びと驚きの混じった声を上げるリンコ。

一方でイブは車にひかれたヒキガエルのような声を出します。ロイドアレルギーですね。

そんな彼女はすぐさまリンコに突き立てた拳を引き抜き距離を取りました。

「ヴリトラを暴走させて足止めしていたはずなのに……プロフェンからもうここに到着した⁉ なんで……げぇぇ！」

なぜどうやって……そうイブが見上げた上空にはポツンと黒い穴が。

そこから飛来するはセレン、リホ、フィロといったいつもの面々。

「さぁお仕事の時間ですわ！」

「……ん」

「うーわ、アザミ王国大惨事じゃねーか！」

続いてマリーにアラン、レンゲ、アンズにメナ……プロフェンで足止めしたはずのアザミ王国主力の人間が勢ぞろいでした。

その最後に、黒い穴からひょっこり顔を出したのは――

「やっほい」

はい、アルカでした。ニンマリと悪い笑みを浮かべイブを見やっています。

「ゲゲゲゲゲ！」

「願望モリモリのボディじゃのう。そんなに胸やらクビレやらがコンプレックスじゃったかエヴァ大統領……っとイブ・プロフェン」

「アルカちゃん……まさかあなたがコンロンを見捨てて来るなんて思わなかったわ」

「ん～？　別に見捨てておらんぞ。ソウの奴が目を覚ましたからコンロンはあやつに任せておる。何でも友人の危機に目が覚めたそうじゃ」

「あ、あら残念……手薄だったら攻めようかと思っていたのに」

「声が上擦(うわず)っておるぞい」

アルカは茶化してからシリアスに表情を戻すとイブを睨みつけます。

「これもお主がショウマの奴をいたぶってくれたおかげじゃからな、是非是非お礼を受け取ってくれ。純朴少年にブラックリストに載っておるストーカーから魔王まで各種取りそろえて連れて来ておるぞい」

イブはアルカに向かって拳を突き上げました。

「まぁいいわ、早いか遅いかの違いだし、ここで決着をつけ――」

そんなシリアスなやり取りを繰り広げている中……

「え～と、このトカゲさん大丈夫ですか？　あれ？　なんか初めて出会った気がしませんが」

「ゲッフゲッホ……あ～ドモドモ、ロイド少年。リンコさんだよ」

「え？　リンコさんですか⁉」

決戦のまっただ中にもかかわらずリンコのドラゴン姿を見たロイドはそのフォルムに感動しております。

「うわぁ……本物のトカゲみたいですね、それにすごい強そう、こんな特技を持っていたんですね」

話の腰をボッキリ折られた感じのイブは関心混じりで彼のマイペースを讃えます。

「っとにもうこの子は……」

マリーは自分の母親が変身した姿と、何よりかなり流血していることに驚きます。

「お母様⁉　ちょ、血が出ていますよ！」

「おー我が娘！　大丈夫大丈夫、唾付けておけば治るから……ガハッ！」

「お母様！　それは唾ではなく吐血というんです！」

ロイドに負けず劣らず話の腰を折るマリー。

立て続けにボッキボキに折られ戦う気を削がれつつあるイブでした。

「緊張感、まったくナシ……ほんっともうやんなっちゃう」

こめかみを押さえるイブにズィッと前に出てくるはアンズです。

「だったらアタイが緊張感を取り戻してやろうかイブさんよぉ」

剣呑な空気を纏う自治領の長、女剣士のアンズ・キョウニン。

イブとは着ぐるみ時代からの旧知の仲。

しかし、それは利用された関係だと知った彼女は怒り心頭といった顔でした。

「その普通の反応、今一番欲しいものよアンズちゃん」

アンズの怒れる姿を見てニンマリ笑うイブでした。

「なんだよ気持ち悪いな。緊張感うんぬん言っていた奴がそんな笑い方するなっての」

「あーいやいや、良いところに来てくれたわねアンズちゃん。コレで少しは目処が立ったわ」

意味深なことを言うイブはアザミ王国で繰り広げられている戦いに目を向けます。

イナゴにカラクリ、炎の亀……とどめの狼。

さっきまで優勢であったことは事実、しかしプロフェンから現れた連中によって形勢逆転は必至。

「連中を足止めしている間に数で押し切ろうとしたけど裏目にでちゃうなんてね」

イブの独り言など気にも止めず、ロイドたちはアザミ王国に襲いかかるモンスターの群を追い払いに向かいました。

「おっしゃあ！　俺とロイド殿がいれば百人力よ！」

ちょっぴり過大評価ですがドラゴンスレイヤーとして名の知れわたったアランが鼓舞すると疲弊しきっていたアザミ軍の面々の顔に生気が戻ります。

そして極めつけは……なんといってもロイド。

「いくぞロイド氏！」

「はい！　サタンさん！」

サタンにまたがったロイドが上空に舞うイナゴたちを次々に撃退していく様はまさに行幸。

この二人の登場に敗戦ムードはガラリと変わってしまったのです。

加えてメナ、レンゲらの武闘派がバッタバッタとカラクリや狼を倒していく様は見る者を魅

了するほど。

戦力のほとんどを投入して返り討ちにあっているイブの心境やいかに……計算外と狼狽えているはずなのです。

しかしイブは笑っていました。おそらく完敗なのに勝ち筋は未だにあるといった顔。

「くふふ」

異様な雰囲気にアルカもさすがに眉をひそめます。

「負けを認めておかしくなった……というわけではなさそうじゃな」

イブのことをよく知るアルカは警戒を怠りません。

「まぁいいじゃない、思い出し笑いみたいなものよ」

そんな風にイブはごまかしてみせました。

「そうか、だが言っておくがこの局面で手加減は期待せんでくれ。おそらくは最後の戦い、しかもロイドの前じゃ……そろそろワシのすごさを再認識させねばならん使命があるからの」

相変わらずのアルカ。

イブはニタリ笑っています。

「助かるわぁ、こっちもダラダラやるつもりは毛頭ないの。本気できてサクッと倒されてくれると助かるのよね」

「そうかえ、じゃあ――遠慮はしないぞ！」

口調が変わるアルカ。

次の瞬間一気に背が伸び大人の姿へと変貌します。

人間の魔王――そう謳(うた)われたアルカが本来の姿で挑みます。

ビリビリと空気が震える気迫に、あのイブが思わず後ずさりをするほどです。

「あ、あれは村長が時々こっそり身につけているコスプレ姿！」

対照的に、その姿を見たロイドは緊張感のないリアクションでした。

暴走の危険性もはらむ覚悟の第二形態をコスプレとして扱われ、心なしかアルカの表情がしょんぼりしていますね。

「まぁ怖がられるよりマシだと思うわよ」

「ノーコメント」

あまりのしょんぼり具合に思わずイブがフォローしちゃうほどでした。

気持ちを切り替え戦闘態勢に入るアルカ、イブは嘆息混じりで口元をつり上げます。

「やれやれ、三……いえ、ショウマ君も加えたら四連戦よ。あら私ったら最高に主人公しているじゃない⁉」

まだまだ余裕のありそうな彼女にアルカが吠えました。

「人造の体に魔王の力を山ほど詰め込んだ副作用であなたは何者の魔王でもない……第二形態という真の姿を出せないあなたにもう勝ち筋はないと思うけど？」

「私が強がっているとでも言いたいのかしら？　残念ながら違うわよ」

岩を腕に纏いゴーレムの拳を作ったイブは手加減なしのパンチを繰り出します。

リンコと戦っていた時以上の……小さな小屋一つ分ほどの大きさの拳を作りアルカめがけて叩きつけます。

ズズン！

あわやぺちゃんこ、と思いきやアルカは指一本でその拳を難なく受け止めました。

「この攻撃を指一本で止めちゃう？」

しかしイブはどことなく余裕のある楽しそうな反応でした。

「へコんでいるって感じじゃないけど……まぁいいわ、その面の皮を剝いであげる」

ロリババアキャラはどこへやら、昔のクールな口調に戻ったアルカは攻めの手を緩めません。

カリカリカリ――

止めたイブの拳を爪の先でひっかくような動き。

そして……

「完成」

指でちょんとつついた瞬間、堅牢なゴーレムの拳は発破解体されたかのように爆発します。

それも一回だけでなく二度三度……弾けた岩の拳がさらに弾ける派手な爆発です。

「うわぁお！」

その弾け飛びっぷりに感嘆の声を漏らすイブ。

「ユーグちゃんからチラリと聞いていたわ。爪でひっかいて永続的にルーン文字を発動させる『爪撃』って技を」

「相変わらずお喋りね、あの子もあなたも」

イブはポーズを決めて何やら叫びます。

「名付けて『必殺ルーン爪破撃』！　……今考えたけどいかがかしら？　ロハでネーミング譲ってあげるわよ」

「ダサすぎ、タダでもいらない――」

アルカが律儀にツッコんでいる最中にイブは隙をみて炎のブレスを吐き出します。

「姑息ね」

アルカは吹き放たれた炎に向かって爪を立てルーン文字を描きました。

ボフッ！

炎は何かに殴られ続けるような動きをして吹き飛ばされかき消えました。

フックやアッパーを食らったかのように上下左右に振り回され霧散していく炎の塊はＣＧかと思ってしまうほどの光景。

炎が殴られるという物理的にあり得ない技を繰り出され、隙をついた側のイブが呆気にとられています。

「なにそれ、炎って殴れるものなの？」

淡々とした雰囲気を醸しながらアルカは爪を見せます。

「衝撃のルーン文字を炎に刻んだだけよ」

爪の先でちょちょいとひっかいただけでこの力――

「自分の体に少しでも刻まれたらたまったものじゃないわね。アルカちゃんの指先に猛毒が塗られていると考えて戦わせてもらうわね」

イブはそう判断するとトレントの根っこを伸ばし距離を取って戦うことを選択した模様です。

「魔王全部乗せの力！　見せてあげるわアルカちゃん！」

トレントの根による攻撃。

イブはその木の根っこにゴーレムの力やスルトの力を纏わせました。岩の塊を先端に括り付けモーニングスターのようにしたり炎の鞭のようにしなる木の根っこの波状攻撃などその攻め方は多種多彩。

「多芸ね、年の功？」

アルカは皮肉を口にします。

「ロリババア呼ばわりされていたキミに言われるのは心外よ！」

根っこの先から火炎放射器のように炎を放ったりゴーレムの岩を纏わせ、ぶん殴ってきたり……それをアルカは宙を舞い華麗に回避します。

「ヤマタノオロチの首が八本以上あったらこんな感じなのかしらね……」

アルカはイブのある意味贅沢、言い換えたら節操のない魔王の力の使い方に呆れ混じりで呟きました。

一本一本、爪で木の根を弾くアルカ。

トレントの根は爪弾かれたギターの弦のように音を立てて爆発していきます。

「もはや悪足掻きよイブさん」

「でも降参は受け入れてくれないんでしょ」

冗談混じりで返事をするイブにアルカは嘆息します。

「その口調、まだ何か隠しているわね」

追い込まれ見苦しい人間の「フリ」をしていると察したアルカは彼女の秘策はなんなのか確かめるべくあえて肉薄します。

「それ！」

「おおっと！」

木の根っこをかいくぐり懐に潜り込んできたアルカを嫌がり宙に舞って逃げるイブ。

「実は何もない？　強がっていただけなら決着をつけるまでよイブ・プロフェン」

アルカは全速力で空に舞って逃げるイブを追跡します。

そして戦いの舞台が空中に変わり目まぐるしい攻防が繰り広げられる中――――

カリッ……とアルカの爪がイブの脇腹をかすります。

それだけ、たったそれだけでしたが衝撃のルーン、その一端を刻まれたイブは引っかかれた箇所を鈍器で殴られたように吹き飛びます。

「うぐぅ⁉」

「さぁ、終わりの始まりよ、イブ・プロフェン」

「し、しまった……」

イブは脂汗を流し顔を歪ませています。

勝機と悟ったアルカはいつもの調子と違い油断することなく追い詰めました。

最後の詰めと言わんばかりにイブへと肉薄するアルカ――

「バカね」

しかし、苦痛で歪んでいたはずのイブの顔は満面の笑みを携えていました。

「――ッ⁉」

ゾクリと背筋が凍るような悪魔の微笑み。

「衝撃のルーンは体に刻み込まれたのになぜ――」

なぜそんな余裕でいられるのか？　ただの強がりか？　それとも誘い込まれたのは自分の方

だったのか？

逡巡するアルカの目に飛び込んできたのは……イブが手にするひとつまみの肉塊でした。

それを見たアルカは思わず声を漏らします。

「その手が――」

その手があったか――と。

次の瞬間、肉塊は弾けてどこかへ飛んでいってしまいます。

「何も対策を練っていないわけないじゃな～い」

ほくそ笑むイブ。

そう、彼女はわざと追い込まれたフリをして、あえて少しだけ爪をかすらせたのです。

脇腹にルーンを刻ませ、やられたフリをして見えない角度でこっそりえぐる。

刻まれたルーン文字ごと肉を切り離してしまう……まさに荒技な対抗策でした。

「ちぃ」

勢いよく振りかぶってしまった拳はもう引っ込められない。振り抜くしかないと舌打ちするアルカ。

たとえどんな攻撃がこようとも一発くらいは食らっても耐えてみせる――

そう考えて拳を全力で振り抜きます。

ブォン！

とてつもない風切り音。

そして振り抜き大きな隙が生じてしまうアルカ。

そんな彼女の横顔にイブが肉薄すると――

――プシュ

指先から何かを軽く吹きかけました。

ワンプッシュタイプの虫除けスプレーレベルの小さな噴霧を顔面間近で。

「この状況で催涙スプレーか何か？」

おちょくっているのかと呆れるアルカでしたが――

「え？　あ？」

アルカが纏っていた魔王の仮面が割れ、弾け飛んでしまいます。

クールで切れ長な目からは驚きの表情が見て取れます。

そして瞬く間にアルカは元の九歳児の姿に戻っていってしまいました。

それだけではありません、空を飛ぶ力すら失われたようでそのまま自由落下。

受け身を取ることもできず地面に背中から衝突してしまったのでした。

「な、何をされたというんじゃ？」

理解不能の顔。

口調も元に戻り困惑しております。

原因不明の手のしびれで動くことすらままならない状態。猛毒の類は効かない体のはずなのにと逡巡しています。

そして何かに気が付いた模様です。

「――ッ！　ショウマが負けた原因がコレか!?」

不死の体のはずなのに痛みが引かないどころか肉体の損傷が激しい。ショウマと自分を重ねアルカは青ざめます。

彼女が困惑していることなどお構いなしにイブはしたり顔でアルカのそばに降り立ちます。

「いい感じで効いてくれたみたいね、しっかし手強かったわ衝撃のルーン……おっと必殺なんちゃら撃！　胸とかに刻まれたらピンチだったわ、せっかくいい感じのバストになったのにさ」

「貴様、いったい何をしたのじゃ？」

「効果覿面（てきめん）？　ショウマ君で試してよかった、顔のそばで噴霧するのが一番効果的だったみたいね」

もったいぶったイブはまるで新商品を説明する販売員のように指先を見せびらかします。

「対コンロンの村人用兵器！　その名もハンニャトウ！　かつてあなたが救世の巫女（みこ）を名乗ったり英雄ソウを作り上げた原理を用いて作ったコンロン用の切り札よ」

朦朧とする意識の中、アルカは油断していた自分を嘆きます。

「アザミ王国に戦力をやたら割いているなと思うたら、こんな奥の手を……」

「くふふ。さーて、他の連中は私の放ったモンスターに夢中だし、この隙に聖剣を奪ってコンロンに直行よ」

ウキウキなイブにアルカが釘を差します。

「忘れておらんか？　聖剣はワシらのような魔王やそれに属する人間は触ることすらできんのじゃぞ」

「はいはい存じておりますとも。そのために色々仕込んでいるわよ」

イブは目を細め辺りを見回します。

その先には——

「っしゃ！　アタイをなめるな！」

元気にイナゴを叩き斬っているアンズの姿がありました。

「持つべきものは友達よね～！　使える人間と書いて友達だけど」

「何をするつもりじゃ……」

イブは笑いながら自分の影にトプンと潜り姿を消したのでした。

「それ！」

サタンにまたがり空中より飛来するイナゴやカラクリの群を八面六臂の活躍で倒していくロイド。

その光景はまるで一種のショー。軍人からも避難しているアザミの国民からも歓声が上がるほどです。

このロイドたちの登場で状況は一変、勝ち戦ムードへと変貌していたのでこの光景も無理からぬものでしょうね。

「いきます！　合わせてくださいサタンさん！　スルトさん！」

「任せろ！」

「オウイエー！」

縦横無尽に旋回するサタンの背中でロイドのとスルトは合わせ技を披露します。

「エアロ！」

「ッファイヤァァ！」

ロイドのエアロとスルトの炎……火炎旋風が吹き荒れ飛来するイナゴの群は黒こげこんがりと焼きあがります。

圧倒的な強さとエアロをコントロールできるほど成長したロイドを見てサタンは感服の表情です。

「やれやれ、もう俺の教えることはなさそうかな……ていうかロイド氏だけで十分かな」

その言葉にスルトは異を唱えます。

「ヘイ！　サタン！　俺の活躍は無視かよ！」

「アーはいはい！」

「流すなヨ！　まぁ成長したロイド少年を喜ぶ気持ちはわかるけどよぉ、なんつーんだ親心？」

「そうだな……おっとスルト、十時の方向にイナゴの群がご到着だ」

「アイアイサー！」

こんな感じでオフェンスはロイドとスルト両名に任せ索敵に注力しているサタン。

「――ぬ？　あれは!?」

その時、妙な光景が目のはしに映りサタンは慌てて急旋回します。

「わわわ！」

「運転荒いぜサタン！」

「す、すまない！　いや、アレは……」

そこで彼が見つけたのは草むらの上で横たわっているアルカでした。

素っ頓狂な声を上げたサタンにロイドが尋ねます。

「どうしました？　イナゴはもう数が減ってきましたが新たな驚異ですか？」

「小休止したいならつきあうぜ！」

「そうではないのだよ……見間違いだといいのだが……すまない、ちょっと降りるぞ」

急降下するサタン。

ロイドとスルトは慌ててサタンのたてがみにしがみつきました。

草原の中央に降り立つと、そこには――

「おぉ、さすがじゃ瀬田……よう見つけてくれた」

「あ、アルカ氏⁉」

満身創痍で横たわっているアルカがそこにいるではありませんか。

今まで見たこともない姿にロイドが驚き駆け寄ります。

「そ、村長⁉　大丈夫ですか⁉」

「おぉロイド、どうも息ができんで苦しいわい……」

「そ、そんな……」

「というわけで人工呼吸をしてくれんか」

「命に別状はなさそうです」

秒で判断するロイド、こなれたものです。

「ったく普通にしていりゃ心配してもらえただろうにアルカちゃん」

呆れるスルトにアルカは弱々しく返します。

「たわけ、接吻のワンチャンあらば突っ走る……それがルールじゃろうて」

「アルカ氏、そんなルール守っちゃダメだろ」

この期に及んで相変わらずのロリババアに感服するロイドたちでした。

「で、何が起きたんですか？　そうだイブさんは⁉　倒してくれたんですか⁉」

さっきまで遠くにいても聞こえるほどドンパチやっていた相手が忽然と姿を消したのを見てロイドは不思議がります。

「………逃がしたわい、完敗じゃ」

これまた弱々しく返すアルカ。ロイドは目を見開いて驚きます。

「村長が負けた⁉　本気を出した君がかい⁉」

「マイガー！」

ルーン文字を体に刻み込み半永久的に効果を発揮するチート級の技を繰り出すアルカが完敗した。

そのことについてアルカは己が失態を素直に謝りました。

「ワシの目論見が甘かったということじゃ……」

「いったい何が起きたってんだ⁉」

カメのスルトが驚きのあまりせわしく首を動かしています。

呼吸するのもつらそうなアルカは息を整えながら答えました。

「……対コンロンの切り札とかぬかしておったが……ガハッ」

「と、とにかく安静に。イブさんはどこに行ったんだ？　それだけ教えてくれ」

サタンの問いにアルカは歯切れ悪く答えます。

「わからぬ、何かを企てていたようじゃ。誰かを狙っている、そんな口調じゃったが」

「狙っている……もしや！」

心当たりがあるのか、ロイドは一目散に駆け出しました。

「ちょ、ちょっとロイド氏⁉」

もうダッシュでサタンの制止を振り切ってしまうロイド。

スルトは追いかけようとするサタンに呼びかけます。

「ヘイ、サタン！　とりあえずロイド少年を追いかけるのはアルカちゃんを安全な場所に運んでからにしようぜ！」

「そ、そうだな」

今にも気を失いそうなアルカを背負うサタン。

彼女は力を振り絞り弱々しい声でサタンとスルトの二人に何かを伝えようとします。

「……と」

「ン？　どうしたアルカちゃん」

「……ロイドに、伝えておくれ。恐れず前に進めとな」

「意識が混濁しているのかな？」

そんな見解が意識を失いかけているアルカの耳に届いたのか、彼女は聞こえないような声で呟きます。

「――毒は、コンロンの村人にしか効かないとか抜かしておったが……」

「何言っているんだアルカちゃん？　聞こえないぜ？」

「アルカ氏、もうゆっくり休んだ方がいい」

「――恐れるな、お主は」

事切れたかのように目を閉じるアルカ。

スルトが首を伸ばして顔を覗き込みます。

「死んだ⁉　あ、息はある。なんだスリーピングかよ」

「気力を振り絞ってまで伝えたいことが恐れるな……か。アルカ氏らしいな」

一拍置いてサタンは笑います。

「しかし失念しているようだなアルカ氏、あの子はもう恐れてなどいないぞ。今のロイド氏は誰に何を言われようと自分を信じて進むだろう」

いや、元々は突き進む性格だった。コンロンの村からアザミ王国に旅立った理由を聞かせてもらった時から彼は「誰よりもまっすぐ」だった。

自信が無く、気弱故にちょくちょく立ち止まってしまうこともあるが彼は一度も退いたことはない……サタンはそう思っていました。

「その立ち止まる数を減らす……それこそが彼に欠けていた自分を信じる、『自信』というやつだ。今の彼はちょっとやそっとじゃ止まらんぞ」

まるで親のような心境を眠るアルカに吐露するサタンでした。


アザミ王国地下宝物庫。

件の聖剣が眠るその場所に二人の人影が現れます。

その後ろには数人のアザミ軍人の面々が横たわっていました。

倒れる彼らの前に立ちはだかるはイブと――


「………クッソ」


アンズでした。

彼女は自慢の刀を握りながら不服そうな顔をしています。

そんな二人を見て宝物庫の守りを固めていたリホの姉貴分ロールが狼狽えています。

「ど、どういうことどすかアンズ様⁉　寝返ったとでも⁉」

まさかの女傑が相手陣営にいることにさすがのロールも動揺しています。

「いくらもらったんどすか！」

「もう大金もらって寝返った前提で話を進めないでくれ！」

「じゃあオプションで……自伝を書籍化する約束どすか⁉　やめときや！　自費出版なんて本屋で並べてもらえないから在庫抱えるだけどす！　騙されたらあきまへん！」

「逆に何があったんでぇロールさんよぉ」

そんな疑問を投げかける押し問答にイブが割って入ります。

「アンズちゃんは裏切ってなんかいないわよ。そこはフォローさせてね」

「何がフォローだ、ふざけやがって」

刀を握ったまま金縛りにあったかのように身じろぎするアンズ、そこはかとなく不自然でした。

「ちゃんとあなたの寝覚めが悪くならないように、アザミの軍人は峰打ちにしてあげたじゃないの」

「恩着せがましいぜ！　早くこの面妖な術を解きやがれ！」

どうやらアンズはイブに何かしらの力で操られているようですね。

クフクフ笑いながらイブは指を蠢かし操り人形のようにアンズを操作します。

「はいはい、お喋りはここまでよ」

「っ⁉　避けろ」

ロールに斬りかかるアンズ。

手と足を同時に出すようなぎこちない動きですがそれが逆に恐ろしさを際だたせます。

「そないなこと言われましても⁉　あ、しま――」

動揺しているロールはなんとかアンズの攻撃を避けましたが……

「ほい残念」

その隙にイブがトレントの根っこを足下に忍ばせロールから生命力を吸ってしまいました。

「ぐぬぅ」

昏睡するロールにイブは大笑いしています。

「こんなこともあろうかと、知り合いの何人かはいつでもコントロールできるように仕込んであったのよね」

「いつの間に……」

歯をギリリと軋ませるアンズ。

イブは楽しそうに種明かしをします。

「あなたのその髪飾りよ、後生大事に着けていてくれて嬉しいわ」

アンズが着けているアクセサリーを指さすイブ。

「っ、アンタからもらっていたのすっかり忘れていたぜ。燃えないゴミの日にでも出しておけばよかったよ」

「そんなことを言わないでアンズちゃん、あなたのこと友達と思っているから種明かししてあげたってのに」

「なにが友だ！　友達にこんなことさせるのがアンタの友情か⁉」

「んーどうだろ、ちゃんとした友達いなかったからイブわかんなーい——言ってて悲しくなってきたわね」

イブは「お喋りはここまで」と切り上げ奥へ奥へと進みます。

そして二人は物々しい扉の前にたどり着きました。

「ほれアンズちゃん、一刀両断！」

「――ッ！」

嫌そうな顔をしても体はコントロールされているアンズ。言われるがまま自慢の剣術で扉の施錠ごと一刀両断します。

ズズンと扉が倒れる音が地下に響きます。

その先にあるのは宝飾品の数々に加え、妙な雰囲気の石像、王様が幼少期のマリーからもらった手紙や肩叩き券などが展示されています。

その一番奥。

仰々（ぎょうぎょう）しく飾られている一本の奇妙な剣。

リンコが造ったラストダンジョンの鍵となる聖剣が保管されていました。

「聖剣ちゃんごたいメーン！」

「これが聖剣かよ」

イブはスキップしながら聖剣の方に歩み寄ると倒れ込むように抱き抱えようとします。

しかし――

……フワッ、スカッ

「ありゃりゃ」

イブが触ろうとすると聖剣は形を歪め摑めなくなってしまいます。

まるで虹を摑む……プロジェクターで映し出された映像を触るかのような、そんな感じでした。

摑みどころのない不思議な物体をイブは楽しそうに見つめています。

「やっぱりニューボディになっても魔王の力を有するものは摑めないみたいね……私たち異世界からの来訪者ではなく現地の人間が抜けるように仕向けた代物」

「なんでそんな大それたことを？」

アンズの素朴な疑問。

造ったリンコの気持ちをイブが代弁します。

「元々リンコちゃんは不老不死の長期休暇を存分に楽しんだあと、元の世界に帰るつもりだったのよ」

「元の世界……他に世界があるってのが未だに信じられねえけどよ」

「でもあの子、意外にきっちりしているというか……自分たちイレギュラーのせいで現地に余計な混乱を招いてしまったことを見過ごせない性格なのよ」

生態調査をしに行った自分たちのせいで生態系が崩れることを良しとしない研究者気質とイブは語ります。

「そんなわけでアバドンやトレントといった魔王を封じ込められる人間……ルーン文字を託せる人材を見つけるために『超強い現地の人間しか抜けない聖剣』を造ったのよ」

「魔王の後始末を任せられる人間をか」

「それが魔王を無自覚に処理しているアルカちゃん率いるコンロンの村人だったってのは、ある意味運命よね」

　そこまで言うとイブは困った顔をして笑います。

「結局リンコちゃんはこの世界を好きになっちゃって帰る気なくしちゃったのよね……しかし聖剣という設定といいフォルムといい、レトロＲＰＧマニアのあの子らしいわ」

　指をちょちょいと動かすイブ。

　体をコントロールされているアンズを動かし聖剣を摑ませました。

「お⁉　触れた⁉」

「引っこ抜くのは魔力が必要みたいだけどその後は誰でも持てるのかしら？　それとも自治領の剣聖と謳われたアンズちゃんだから？　剣聖が異世界への道を拓く……そう考えると運命感じない？」

「感じねぇよ！」

「まぁリンコちゃんはその辺詰めが甘いタイプだし、まぁいっか」

　ゲームのキャラを操作するようにアンズに聖剣をブンブン振り回させるイブ。

ひとしきり動かしたあと「もうここに用はないわね」と踵を返しました。

「あとはサクッとアザミ王国から逃げ出すだけね。あとはコンロンに向かってラストダンジョンの扉を開けて向こうに帰ればミッションコンプリート」

「何がミッションコンプリートだ、それやったらラストダンジョンに封じた魔王がこの世界に溢れかえっちまうんだろ。死人が何人出ると思っているんだ」

「リンコちゃんが私をすぐに追って来れないようにするための苦肉の策よ、断腸の思いなんだから!」

「嘘つけ、顔がにやけているじゃねーか」

笑いをこらえきれないイブ、もうすでに今後のことで頭がいっぱいのようですね。

「不老不死の力とルーン文字を独り占め……百年、いえ、五十年あれば向こうの世界なんて簡単に掌握できるわよ。そしたらリンコちゃんが遅れて戻ってきてもどうしようもないでしょうね」

ウキウキのイブ。

そこに——

「——なんか、私の名前が聞こえたみたいね」

満身創痍のリンコが立ちはだかりました。第二形態はすでに解け、衣服が血にまみれています。

意外な登場にイブは一瞬びっくりしましたが、すぐさま余裕を取り戻しクフフと笑います。

「なんか白衣でも着ていたら手術後の執刀医みたいね」

「手術を受けたいのは私だけどね、まだ痛いのよ色々と」

飄々と答えるリンコにイブは少し眉根を寄せます。

「お見送り？」

短く問うイブ、リンコは無言を返します。

「時間稼ぎ？」

これまた無言。

イブはつまらなそうに口をとがらせました。

「黙秘権を今貫いたらダメじゃない。サスペンスで犯人が崖に追いやられて『さぁ自分語りだ！』って時に黙秘されたら興ざめでしょ」

その問いかけにようやくリンコが口を開きます。

「どれもハズレだったからよ」

「へぇ、じゃあ何かしら？」

「イブ、あなたを殺しにきたの」

「さっきやり合ったばっかりじゃない」

「ははは、確かに」

ごもっともな意見と認めるも、リンコは一笑に付します。

「でもね、私も手を抜いていた、ううん正確に言うと切り札を切らなかった。とっておきがあるのよ、本当のとっておき」

「ずいぶんもったいぶるじゃない、何それ」

「不老不死を止めるルーン文字」

あまりにもとんでもない一言に、イブの表情は一瞬で凍り付いたのでした。

「――何？」

イブとは対極的にリンコは平然としたままです。

「だから不老不死を止めるルーン文字よ」

アルカやイブといった魔王となった異邦人の強み、その一つが不老不死。

一度、死に至るほどの怪我をしても、個人差はあれどおおよそ一年弱でよみがえることができるチート能力です。

そのアドバンテージがなくなる。

いいえ、やっとの思いで若さと一生健康な体を手にした――エヴァ大統領時代からの悲願が叶ったイブにとって絶望以外の何者でもありません。

彼女は信じられないといった顔で睨みつけます。

「…………」

「いい顔ね」

気を取り直した……いえ、なんとか虚勢を張っているイブは少し震える声でした。

「そりゃぁそうでしょ、ぜーんぶ台無しにしちゃうつもりかしら？」

「睨まないでよイブさん、こっちもリスクあるんだから。強力でね、使う本人も不老不死じゃなくなっちゃうからね、使いどころ間違えたら、死んじゃうのコレ」

自爆装置だと吐露するリンコ、それほどの覚悟だと言いたいのでしょう。

「元々はルーくん……アザミ王と一緒に歳を取るために作ったルーン文字なんだけどね。いやぁこの怪我で不老不死が解けたら、最悪、今、死んじゃうかもね」

痛みをこらえて言葉の合間合間で息を整えているリンコ。

「つまり命がけってことね、らしくない」

イブはそう返すので精一杯でした。

「平和になったら使うつもりだったんだけどね、背に腹サンは替えられないわ」

「無傷の私の不死を解いたところで、今死ぬのはあなただけよ。犬死にだと思うけどなぁ、夫や娘との余生を過ごす機会を失うのはナンセンスだと思わない？」

情に訴え、それとなく誘導するイブ。

リンコは毅然とした態度でそれを断りました。

「でもあなたから驚異的な回復力を奪うことができる」

「……まぁ、不死が解けたらそうでしょうね」

「あとは残ったみんなが何とかしてくれる、あなたがコンロンに向かう前にロイド君やマリーちゃんが必ずここに駆けつけてあなたを倒してくれるわ」

覚悟――

この一文字が見て取れる「顔」のリンコ。

しかしイブという女はこういう覚悟を「スかす」のが大好きな人間です。

最悪自分の不老不死が潰えてしまうかも知れない。

その恐怖よりもコケにする快楽が上回ったのです。

さっきまでの恐怖心はなくなりイブは落ち着きを取り戻しました。

一方アンズ、つい最近不老不死云々を知ったため、いまいち二人のやり取りについていけていないようです。

「なんか場違いな感じがいたたまれないんだけどよぉ、温度差ってやつ？」

そんな申告をしちゃうくらいでした。

リンコ、イブの両名は彼女の方を向くこともなく謝罪します。

「ごめんねアンズちゃん」

「すぐ終わるから見届け人よろしくね――」

その「よろしくね」の言葉終わりにイブが仕掛けてきます。

いえ、仕掛けてきたというより逃走を図ったのです。

「目的の物は手に入れたし無意味なリスクを負う気はないわよん」

「――させないわ」

「おっと」

が、リンコは目で逃走経路をふさぎます。

逃がしはしないと気迫のこもった威嚇でイブの足を止めたのでした。

「顔怖っ」とおどけるイブにリンコは驚嘆混じりの声を上げます。

「この期に及んで、よくまぁスタコラサッサと逃げようとできるわね」

不老不死を解くルーン文字を刻みながら、にじり寄るリンコ。

イブは面倒くさそうに立ち尽くします。

「あなたの驚く顔を見たいだけなのよねぇ」

「一人ならまだしも聖剣を手にしてコントロールしているアンズちゃんをつれてコンロンに向かうなんて無理ゲーと思いませんか？　私だけじゃなく外にはたくさんの精鋭がいるのよ」

リンコは自分がもしやられてもロイドや他の面々、頼れる仲間がいる。

だから捨て鉢になれるのでした。

そのことを見透かしているイブは頭を掻きながら「くふり」と笑います。

「こんなこともあろうかと……って切り札を隠しているのはあなただけじゃないのよ」

「……なん、ですって？」

付き合いの長いリンコはすぐに察しました。

普段本気とも冗談ともつかない口調のイブが「この間合い」で喋る時はブラフではなく本当のことだと。

次の瞬間。

——ズズン……

城が大きく揺れ出しました。

縦とも横とも付かない、赤子が戯れに叩いたり転がしたりしているのではと思うような不規則な揺れ。

「な、なんだよこりゃ！」

驚くアンズ。

この揺れにリンコは倒れないよう踏ん張りながらイブの方を睨みました。

「城に何を仕掛けたの？」

イブは揺れの説明をエンターテイメントを語る何らかの司会者のように楽しく大仰（おおぎょう）に説明し出しました。

「この揺れの正体、それは魔力！　それもただの魔力じゃない……空間転移、そう城ごと空間転移しようとしている衝撃だったのだ！」

「城ごとだってぇ⁉」

いいリアクションのアンズにイブは楽しそうに続けます。

「そうそう、上手くいかなかったら城ごと聖剣をコンロンに運ぶ予定だったのよね——」

計十数カ所、以前利用していたアザミ軍の内通者に指示を出し転移用の特殊な魔石を仕掛けさせておいたとネタバラシするイブ。

「——ぱっと見は魔石に見えなかったでしょうけどユーグ博士のお手製よ。それにルーン文字砲の応用で魔力を照射し充塡させて……人間とか動く相手を狙うのは得意じゃないけどこのぐらいはできるわよ」

「……ずいぶん前から色々仕込まれていたのね。そうだ、昔ジオウのスパイが潜り込んでいたわね」

さらに激しく揺れる床にリンコはたまらず膝を付きました。

イブはそれを楽しそうに見ていました。

「行き先はご存じ——コンロンの村でぇす」

ズシン！

イブの言葉が終わると同時に得体の知れない浮遊感がリンコとアンズを包みます。

そして着地したような衝撃で揺れはようやく収まりました。

地面は斜めになってリンコはしりもちをつきます……イブも斜めになるとは考えておらず、

いっしょになってすっ転びました。

イブは何事もなかったかのように転んだまま喋り出します。

「驚いたかしら？　城ごと転移」

「イブさんも驚いている気がするんだけどよぉ」

「気のせいよアンズちゃん」

すっくと真顔で立ち上がるイブ。

対してリンコは驚きの声を上げていました。

「コンロン……これだけの質量を転移させるには魔石だけじゃ……」

未だ信じきれないリンコを後目にイブは壁に向かってルーン文字砲を放ちます。

「嘘じゃないわ、見ていなさいな」

キュオン、キュオン――

瓦解する壁の向こう、地下にある宝物庫のはずですが、その壊れた壁の向こうには牧歌的な風景が広がっていました。

青青とした丘陵の風が頬を撫でリンコが愕然としています。

その顔を堪能したイブは楽しそうに笑っていました。

「くっふっふ。頼れる仲間は遙か遠く……どうする？　不老不死を解くルーンやっちゃう？

コンロンの村人に後を託す？　私のハンニャトウの力でほぼ無力化できるけど、それでもやっちゃう?」

「あ、あなたって人は……ガハ!」

怒りと驚きで戦いの最中だったことを忘れていたリンコ。

その無防備な横腹をイブが渾身(こんしん)の力で蹴り上げました。

弾むように転がり壁に激突するリンコ。

あまりに上手くいったためか、イブは笑い転げていました。

「形成! 逆転んん! 聖剣を強引(ごういん)に運ぶための手段として仕込んでおいたつもりだったけど、あなたのお仲間を分断することに役立つなんて最高! リンコちゃんのガッカリ顔が見れてさらに最高ぅ!」

テンションのあがったイブは今この場にいないユーグを讃えます。

「ユーグちゃんは本当に天才よ。発想には乏しく閃(ひらめ)きはあなたやアルカちゃんには遠く及ばない……でも言われたことに対して取り組む力は誰よりも優れている。いわゆる命令されて力を発揮できる『言われればできる子』……いや、プライドのせいで暴走するから『言われなきゃできない子』かしら」

「リンコさん! ……うぉ」

アンズは吹き飛ばされたリンコに駆け寄ろうとします……が、すぐさまイブにコントロールされぎこちない足取りで歩かされてしまいます。

「はーい、あんよが上手っと」

「赤ん坊かよ！　ってリンコさん⁉　リンコさん⁉」

傷口が開き苦しそうなのかうずくまったままのリンコ。

彼女に「バイバイ」と軽く手を振ったイブは意気揚々とコンロンの村――ラストダンジョンへと向かって行ったのでした。

「さーて、いよいよ佳境ね、私にとってのラスダン！　コンロンの村！」


リンコは大誤算で失意にまみれ自分に腹を立てていました。

「城ごと転移とか……前々から計画していたのを、みすみす見逃していたのがらしくないわね」

うずくまり起きあがれないリンコは弱々しく独り言ちます。

「今日の運勢は最悪だったのかな？　マズったなぁ」

コンロンの村人に頼りたいが、イブがほのめかしていた「奥の手」の存在。アルカを倒したならば他のコンロンの村人も勝ち目がないかもしれない。

「上がり目はないか」

泣きそうな顔をしているリンコ。

頼みの綱の仲間たちもアザミに置き去りになり万事休すか、と思っていたその時でした――

「大丈夫ですか？」

颯爽と現れたのは――なんとロイドです。

「クロム教官もロールも倒れていたけどここで何が起きたんだよ」

「……城が斜めってる」

「すごい揺れでしたわよ……ていうか外ですの⁉」

「え、えぇ⁉」

ロイドだけではありません、リホにフィロ、セレンといったいつものメンバーが勢ぞろいで
リンコは驚きを隠せませんでした。

「な、なんで城の中に⁉　外でみんな戦っていたんじゃ⁉」

そのことについてロイドが真顔で答えます。


「アザミの王女様を救い来たんです」

「はい？」


リンコは視線をロイドの後ろ……王女であるマリーに向けました。

マリーも何のことかわからず目を丸くしています。

そんな機微など意に介さず、ロイドは熱弁を振るっていました。

「倒された村長からイブさんが誰かを狙っていると聞いてきっとこの場にいない王女様だと

思って急いでお城に」

「いるんだけどなぁ……」

誰かを狙っていたのはおそらく聖剣を運ぶために操ろうとしたアンズでしょう。

またしても勘違いで、というか未だマリーが王女だと気が付かないミラクル。

「あ、そうでしたの？」

素っ頓狂なセレンに何も考えず付いてきたのかとリホは呆れ顔です。

「セレン嬢、お前なぁ……」

「私はロイド様が走っていたので付いていっただけですわ！」

セレンの言葉にメルトファンが頷きます。

「確かに、ロイド君の必死の形相、きっと何かがあったと農家の勘が囁き一緒に追いかけたのだ。お前もそうなんだろリホ・フラビン」

「農家の勘って部分以外はピンズドだぜ」

フンドシで当たり前のようにこの場にいるメルトファンに呆れるリホ。

アランとメナも同意します。

「農家はさておき、ロイド殿のあの真面目な顔……何か起きたかと思うのは当然ですぞ！」

「付き合い長いからね～」

「ヌハハ、我が輩も同じく。付き☆合い！　長いですからな！」

会話の流れで尻を丸出しにしながら「我が輩も」と参加するネキサム。付き合いの言い方がちょっと卑猥（ひわい）な感じで同郷のレンゲが顔をしかめます。

「ネキサム、言い方がエレガントではないですわよ」

リンコはいつもの面々の平常運転に力が抜けたように笑います。

「……ハハ」

「お母さま?」

「腰抜けちゃったよ、あと傷が痛いなぁ」

ロイドが真面目な顔をしてリンコの顔を覗き込みました。

「あの、王女様は無事なのでしょうか」

「まぁ無事だね、あの人が狙ったのは聖剣さ」

「聖剣ですか？　もしかしてイブさんは王女様じゃなくて聖剣を……」

「あっちいったよ、聖剣持ってさ」

外へ空いた壁を指さすリンコ。

ロイドは見知った風景にびっくりしました。

ざわめく一同にリンコがアンズがコントロールされている諸々の説明をしました。

「アンズさんが操られて聖剣を持って行ったのですか……やれやれノーエレガントな」

「責めてやるなレンゲよ、不可抗力であろう」

同郷のアンズのフォローをするネキサム。

「いえ、むしろ不憫と同情しているのです。いいように使われてノーエレガント不憫ですわ」

その会話を聞いていたロイド、腕を組んでつむっていた目を見開きます。

「そうですか、わかりました」

「ロイド君?」

「イブさんの悪事を止めに行きます！　大丈夫です、僕に任せてください！」

「……うん……頼むね」

やる気に満ち満ちているロイドにリンコは多くは語るまいと言葉少なに頼みました。

数々の奇跡を起こす純朴な少年。

自分を主人公とのたまったイブに突き付けてやりたい「この子こそ本当の主人公」だと。

「僕が先陣を切ります、みなさんご協力をお願いします」

ロイドのお願い。

もちろん皆、当たり前のように頷きます。

「何言っているの、当然よロイド君」

「マリーさん……」

マリーに続いてセレンも二人の間に割って入り自己主張します。

「当たり前ではないですか、地獄の果てまで着いていきますわ」

　彼女の主張にリホが手を頭の後ろに回しながらいじります。

「残念だけど、オメーは地獄だろうけどロイドは天国行きだからな」

「……セレンは地獄……これは確定事項」

「ムキー！　まだうら若き少女！　天国への可能性は十二分にありますわ！　ていうか減点方式だったらギリヤバいですが加点方式なら全然余裕ですとも！」

　天国への審査基準が減点か加点かここで熱弁したところで……と言いたいですね。

　フィロにも追随されポコポコ怒るセレン。

　こんな局面でもいつも通りの三人娘に剣呑な雰囲気が和らぎました。

　メルトファンがフンドシの食い込みを直しながらロイドの前に出ます。

「自分の農業魂発祥の地で決着をつけることができたら本望だ」

　フンドシ姿で熱いことを言う同僚を後目に……尻を目にしてコリンとクロムは苦笑いです。

「すっかり変わってもうた。いや、変わったのは外見だけで中身は変わらんのかもしれへんけど」

「まったくメルトファンの奴め――」

　コリンの肩を借りてクロムはロイドの方に歩みます。

「クロムさん、怪我は大丈夫なんですか？」

「あぁ、それよりも」

クロムはロイドの胸元にトンと拳を突き出します。

「もうロイド君はあの時の……試験に落ちて自信なさげに食堂のアルバイトとして面接に来たあの時の君ではない」

あの時――

おどおどしながら食堂に現れた少年は――

「はい！　頑張ります！」

実直さはそのままに立派な軍人へと成長していました。

「食堂の店長として、士官学校の教官として俺が自信を持って送り出せる自慢の軍人だ！　行ってこい一人前！」

クロムの言葉にロイドは大きく頷いたのでした。

マリーもクロムに続いてロイドを激励しようとします。

「私も信じているわ！　王女として――」

ドォォン――

どさくさに紛れマリーが王女と言おうとした瞬間です、ゴォォンと大きな衝撃音が辺りに鳴り響きました。

「のんびりしていられないみたいですね……クロムさん激励ありがとうございます。僕、頑張ります！」

コンロンのピンチに颯爽と駆けつけようとするロイド。

彼の張り切る姿を見てマリーは肩を落としながら呟きます。

「…………絶対、聞こえてないわよね」

「ないな」

「ないですわね」

「……ん」

「流れ的に絶対に王女だと告白できるシーン」だと踏み切ったマリーさんでしたが……結果はご覧のあり様。つくづくタイミングの悪いお人ですね。

「さぁではイブの悪事を食い止めるためにいざゆかんですわ！　そしてロイド様の故郷、コンロンの村の好感度ゲット！　外堀から埋めて差し上げましょう！」

「ったく、ブレねえなセレン嬢」

「……ん」

そんな落胆しているマリーをよそにイブを止めるためコンロンの村へ突き進むセレンたち。

ロイドも続こうとした時リンコが彼に伝えようとします。

「あぁロイド君。イブはコンロンの村人用の奥の手を隠しているかもだから注意してね」

「そうなんですか⁉　じゃあピリドじいちゃんたちが心配だ！」

こんな時でも自分ではなく他の人のことを心配するロイドにリンコはほっこりします。

「その優しさが君の武器だ、頑張ってねロイド君」

「はい！　……あれ？」

リンコの忠告を受けている時でした、ロイドは何かに気が付きます。

「リンコさん、顔の汚れを拭こうとしていたんですか？」

「ん？　そんなことないんだけど」

首を傾げるリンコに優しいロイドは「自分がやりますよ」とハンカチを取り出しました。

「確かに傷口からばい菌が入ったら大変です、代わりに僕が拭いちゃいますね」

「大丈夫だよロイド君……それより急いで――――え⁉」

驚くリンコ……その視線の先にあるのはロイドがハンカチに刻んだ「解呪のルーン」でした。

「ロイド君⁉　それって……」

「あ、はい、『かいじゅのルーン』と言われているみたいですが……これで拭くと汚れがさっと落ちるんです。家庭の知恵みたいなやつですかね？　怪我した時や傷口を洗う時にも便利なんですよ。リンコさん同じルーン文字を刻もうとしていたんじゃないんですか？」

ロイドの指さす箇所。

そこには刻みかけの不老不死を解くルーン文字が淡く光っていました。

「あれ？　似ているけどちょっとだけ違いますね？　なんだろ？」

首を傾げリンコのルーン文字を見つめるロイド。

解呪と聞いたリンコは目を見開いて彼の「解呪」のルーンと自分の「不老不死を解く」ルーンを見比べます。

「そうか、そのルーンを初めて見たけど……確かにそうだ、呪いだ……別々に開発していたアルカちゃんのルーン文字とこんな感じで繋がるなんて……」

そしておもむろにロイドの手を取って希望に満ちた目で伝えます。

「ロイド君、ちょっとだけ……ほんの少しだけ覚えて欲しいことがあるの」

「な、なんでしょう」

「君の言う『掃除に使える家庭の知恵的なルーン文字』が世界を救っちゃう……そんな奇跡を起こすためのちょっとしたコトよ」

稚気溢れる笑みを携えるリンコ。

彼女の笑顔にロイドは爽やかに返事をしたのでした。

さて、その大きな音はイブの攻撃によるものでした。

ぐったりと横たわるコンロンの村人たち……イブの振りまくハンニャトウの力によるものでしょう。

「あそっれハンニャトウ！　あそっれハンニャトウ！　噴霧噴霧！」

まるで害虫駆除業者のようにいたるところにプシュプシュとハンニャトウを散布するイブ。

そんな彼女と相対するはロイドの育ての親、ピリドでした。

「フォウ！」

ドッゴン！　ドッゴン！

先ほどの大きな音はピリドの放つ衝撃波のようですね。

彼はいつもと違い毅然とした態度でイブの前に立ちはだかります。

「申し訳ないがその変なものを振りまくのはやめてもらえんかの。村の連中が苦しんでおるでな」

「鬼神ピリドの登場ね。あなたにもプレゼントよ」

しかしピリド、村人が倒れる仕組みを察し、流れるような動きで霧状のハンニャトウをかわします。

「そりゃ！」

手で仰(あお)ぎ漂うハンニャトウを全て上空に吹き飛ばすピリド。

その神技にイブは呆れて片眉をつり上げました。

「なんちゅー荒業よ、でもちょっとでも吸い込んだら終わりの状況でいつまでもつかしら」

「残念ながら年老いても丸一日は息を止められるぞい」

「……この人外め……と言いたいところだけど。私も人外の一人なのよ」

「何じゃと――ぬぅ!?」

そんなピリドの足元にはトレントの木の根が。

どうやらイブが会話の最中にこっそり忍ばせていたようです。

その木の根の先端から噴霧されるハンニャトウ。

さすがのピリド、それをなんとか回避します……が体の一端にかかってしまったようです。

「なんじゃと……この程度で……ぐぉぉお⁉」

呪術的な意味合いを持つハンニャトウ。量や触れた場所とかではなく効果を発揮していきます。

「わしも年を取ったか……不覚……だがしかし！」

「いやぁギリギリだったわ――ちょ、ちょっと」

それでもなおもあらがうピリド。

鬼神と謳われた男の闘争本能と村の人間を守る意志が彼を動かしているのでしょうね。

しかし、尋常ならざる存在はイブも同じ。ピリドの攻撃をいなしながらハンニャトウを吹きかけ続けます。

かけられるたびに勢いを失っていくピリド。

しかし動くことはやめません。その根性にイブは賛嘆の声を上げます。

「さすが鬼神ピリド。ハンニャトウをこんなに食らってもまだ動けるなんて」

いつもならもう少し遊ぶイブですが目的のある彼女はそろそろ幕引きとピリドを蹴飛ばし

ます。

「そりゃ！」

「だぁお⁉」

民家に激突し壁に埋もれるピリド。

動きが止まったと確認した彼女は先に進もうとします――が。


「老人はもう少しいたわるべきだとは思わんか？」

「……誰？」


イブにかけられる謎の声。

何者だと彼女が振り向いたそこには――

「私の古い友人と兄弟がずいぶんと世話になったようだね」

初老の男――ソウがそこに立っていました。

顔見知りに会ったかのようにイブは短く話しかけます。

「あなたはソウ」

「いかにも」

一度会ったことのある人物ですがイブは少し目をこすり凝らして見やります。

「ずいぶんと雰囲気が変わったみたいね」

その問いかけにソウは少しおどけて見せました。

「ふむ、自分でも気が付かなかったがいい歳の取り方をしたのかな？」

ルーン文字人間という「見る人によって雰囲気が変わる」という性質を持っていたソウ。

彼は「英雄」という存在を与えられたルーン文字人間、その定義があやふやになってしまったことに起因し、長い間ソウを悩ませていたものです。

しかし、ショウマという友人を得て「ロイド大好きコンビ」として共に歩むうちに「ロイド大好きなおじいちゃん」だと自覚し、見る人によって姿を変える異質な存在から脱却しておりました。

「久々に聞いてみよう……イブよ、私は何に見えるかね？」

「孫好きのおじいちゃんよね」

どの角度から見ても「孫を愛する好好爺」といった雰囲気。夏休みに万全の状態で孫を受け入れる体制を整えているようなそんな感じでした。

ソウはまったく否定せず、むしろ光栄といった顔です。

「まったくもってその通りだ、ロイド君の勇姿をキャメラに収めたくて目覚めたようなものだからな」

イブは「またロイド少年か」と辟易した態度になります。

「残念だけど彼はアザミ王国に置いてきたわ、邪魔だからね」

「本当か？」

「ええ、だから二度寝してもいいのよ」

そのことに関してソウは首を振ります。

「そうはいかんよ、君が私の友人にしたことを看過するわけにはいかない」

「友人ねぇ」

仲間だの友人だのおなかいっぱいで胃もたれしているイブは嫌な顔を露骨に見せつけます。

そんな機微など意に介さず、ソウは友人のありがたさや推しの存在をプレゼンし始めました。

「あやふやな存在とは苦しいものだ、ルーン文字で造られた人間というのもあって目的を失っても消えることができず『何者にもなれない』その辛さは筆舌に尽くし難い物がある」

「それは共感できるわ。私もその都度、新しい目的を作って生きていたもの」

「だがそれだけでは物足りないだろう？　私も英雄という存在から脱却するためあえて悪人になろうと奔走していたが、それでも満たされなかった経験があるからな」

「あっそ」

イブが嫌みの一つでも言ってやろうかと考えている間にソウは言葉を続けます。それは説教にも似た熱弁でした。

「傍らに必要なのは理解者だよイブ・プロフェン。それに気が付いた時私は不安定な存在から脱し怪人ではなく一人の爺として歩けるようになったのだ」

　ギリリとイブは歯ぎしりをしました。

「遠回しの自慢じゃない」

　ソウはふむと唸りました。

「これを自慢と感じるのであれば君は未だに乾きの最中ということか」

「プリップリに潤っていますけど⁉　若くなったし！　プロポーションもよくなったし！　ちょっとスキンケアをさぼっても問題ないくらい肌のハリとツヤがいいし！」

　その主張にアンズはついつい口を挟みます。

「毎日するもんなんか？　アタイはしてねーけど」

「アンズちゃんは五年後に後悔しなさい」

　ソウは二人の会話を聞き届けたあとゆっくりと構え出します。

「そろそろいいかな？　おそらく我が友ショウマを傷つけたのは君だろう？　敵討ちをさせてもらうよ」

「つい最近まで魔王を解放してロイド君に立ち向かわせ、それをキャメラに収めて映画にしようとした怪人とは思えないわね」

　皮肉を口にしながらイブも構えます。

「活躍は収める、かならず映画化もしてみせる。君を倒したあとでも十分だ」

「仮に私に勝ったとしたら、彼の濃厚なバトルシーン……いえ、蹂躙シーンを撮り逃しちゃうけどいいの？」

「アクションシーンはなくとも日常だけで十分画が保つ、それがロイド・ベラドンナの魅力だよ」

語り口がヒートアップしていくソウ、孫の運動会に挑む祖父のソレでした。

「はぁ、面倒くさいのが最後の最後に出てきちゃったわね、もうこれっきりにして欲しい物なんだけど」

嘆息したイブはクイッと指を動かします。

「お、おわわ」

聖剣を手にしたアンズはイブの指に操作されテクテクと歩かされました。

「先に最果ての牢獄に向かってねアンズちゃん」

「ちょ、オイ！　止まれよアタイの足！」

勝手に僻地の最奥へと向かわされるアンズは泣きそうな顔をしながら村の奥へと消えていきました。

イブはどこからともなく取り出したハンケチを振って涙のお別れごっこをしたあと、ソウへと向き直ります。

「あら、アンズちゃんを見逃してくれるの？」

「彼女一人向かわせても意味はないのだろう、肝心の君がいなければさ」

「まぁねぇ、あの子一人で元の世界に戻っちゃったらベタな異世界転移物語が始まっちゃうわ。飛行機を見て腰を抜かすようなベタなヤツ……面白味(おもしろみ)に欠けるわよねぇ」

そんなイブの言葉の裏をソウは読み当てます。

「一般人や親しき人間を巻き込みたくないのは私も同じ気持ちだ、君もそうなんだろ」

一瞬。

ほんの一瞬イブの眉があがりましたが、すぐさまごまかすようにまくし立てます。

「まぁねぇ、聖剣を摑める子に怪我されちゃ困るのよね……これは凶暴だから」

「凶暴?」

怪訝(けげん)な顔のソウにイブはクフリと笑います。

「対コンロンの村人用兵器ハンニャトウ……それが効かない人間がいる場合も想定した取って置きがね」

「そんな物を用意していたのか」

イブは「ノンノン」と指を振ります。

「用意はしていないわ、造り終えたところよ」

「造る……ぬぅ?」

ズモモ…………

突如、イブの足下の影からウサギの着ぐるみが這い出てきました。

そのホラーさながらの異様さもさることながら、全員中身がないようにフニャフニャで足もあらぬ方向に曲がったり揺れております。

それが合計五体。

その不安定さ、気味の悪さに思い当たる節があるのか、ソウは目を見開きました。

「これは、ルーン文字人間か」

正解とおどけるイブは饒舌に説明し出しました。

「そうよ、あなたと同じ。ウサギの着ぐるみを着ているプロフェンの王様――実は中身が何人もいて影武者として活動しているって噂はご存じ？」

その説明を聞き、ソウはなるほどと納得します。

「何人もいるかもしれない、その噂、その言霊を具現化したルーン文字人間か」

「大当たりよん、『英雄ソウ』みたいに古代の遺跡や文献に記し実在したかのように徹底したわけじゃないから不安定だけど。そこそこ強いはずよコレ」

ソウはそこまで言ったイブの思惑を察します。

「読めたぞ、えげつないことを考える」

「ええ、倒れて動けなくなったコンロンの村人程度なら殺せちゃうんじゃないかしら」

言い終えると同時に手を掲げるイブ。

ウサギの着ぐるみたちはよれよれの袖や頭を震わせ「イーッ」とどこぞの下級戦闘員のような声を上げ散らばっていきました。

「あコラ、待て待て」

その辺のお爺さんのようなリアクションのソウ。すっかり萌えキャラ化していますね。

「さ～ていいのかしら？　早くしないと何人か殺されちゃうわよ」

「いいわけないだろ、私の友人の子孫とかもいるのだよ――」

困惑しているソウの胸元に残った一匹のウサギの着ぐるみが猛突進しました。

「イーッ！」

「ぐむぅ……なんともほどよく強い」

渾身の一撃で殴りつけるソウ。

しかしウサギの着ぐるみは頭部をヘコましますがまったく怯む様子はありません。

「中身がない⁉　……やれやれ、皮肉なもんだ」

「同じルーン文字人間としてシンパシーを感じちゃった？」

「ああ、早めに葬ってやった方が彼らのためになるだろう……私にとって悪趣味な演出だよ」

「お褒めに与り光栄です～。んじゃ私は実家に帰らせてもらうわね～、残っているかな？　実家」

「あちょ……イタタ」

手をヒラヒラさせて去りゆくイブをソウは追いかけようとしますがウサギの着ぐるみは逃がそうとしてくれません。

「まいったな、このほどほどの強さ、本当にコンロンの村人が何人か殺されてしまうぞ。それだけはいかん、誰でも死ぬのは悲しいからな」

消え去りたい一心で悪行を重ね「怪人」と呼ばれるようになったソウ。

そんな自分がこんなことを言うのもおかしいなと自嘲気味に笑っていました。

「おっと、笑っている場合ではないな……まったく自分勝手な女だ」

最後に言い負かさないと気が済まないタイプなのでしょう、ソウから離れた位置から言い訳じみたことを叫びます。

「本当はなぶってあげたいんだけどねぇ、余裕ぶっている時はイレギュラーが起きるものでしょ」

ウサギの着ぐるみを組み敷きながらも、ソウは少し笑みを溜めていました。

「ふふふ、わかるぞ、その焦り（あせ）よう」

「何よ」

ぶっきらぼうに返すイブにソウは確信めいたことを言います。

「君も振り回されたクチだからなぁ、ロイド君に。怖いんだろ、彼が」

「――ハァ!?」

あからさまに反応するイブ、答えを言っているようなものでした。

ソウはウサギの着ぐるみを殴りながら淡々とロイドを怖がる理由を言い当ててみせました。

「イレギュラーの体現者、常にアクロバティックな勘違いとミラクルで引っ掻き回してくれるアザミ王国の、いや世界のワンダーボーイ、そこがロイド君の魅力だからねぇ」

イブは図星を突かれたのを悟られないように「効いていない」態度で反論します。

「んなこたぁないわよ。別に怖くてアザミ王国から急いでワープしてきたわけじゃないわ。まぁ奇跡を起こそうにも、あの子は今頃アザミでサタンにまたがりながら雑魚狩りに勤しんでいる頃でしょうよ――」

来るわけがない。

そう言おうとした瞬間でした。

ボヨヨンと村を徘徊していたウサギの着ぐるみの一体がどこからともなく吹き飛ばされてイブの前に転がってきました。

「――え?」

「噂をすれば影というやつか。根拠はなかったが来ると信じていたよ……ハハハ、楽しい楽しい」

ソウは振り向くことなく誰が来たのか察します。

イブが苛立ち視線を向けるその先には――

「そこまでです！　イブさん！」

ロイドとズラリ並ぶ仲間たち。

今日一日で二度も同じパターンで邪魔しにきたロイドにイブは相当お冠のようです。

「またキミかぁぁぁ⁉　同じパターンで人の邪魔を二回も⁉　空気読めないの⁉　なんでまた付いてきているのよ！　——んが⁉」

瞬間移動できるアルカも潰した、そしてまさか二回も同じパターンで邪魔されるなど思いも寄らなかったイブですが何か思いついたようです。

「まさか、あの時アザミ城にいたの？」

あの戦乱の最中よっぽどの理由がない限り城の中にいるわけがない。こんな行動普通はとらない。

まさか自分の頭の中を覗いていたのかとすら邪推し始めるイブ。

驚愕と苛立ち混じりで歯ぎしりが止まりません。

「リンコ所長の作戦⁉　そんな雰囲気なかったわよ！　それともアルカちゃんがまだ元気だった⁉　満身創痍は演技⁉　出し抜かれたのこの私が⁉　なんでいたのアザミ城に！」

その問いにロイドはあっけらかんと答えました。

「いえ、王女様が心配になって城の様子を見に駆けつけたんです。いませんでしたけど……そういえば一度も顔を見たことがないから見逃しちゃったのかな？　でもそれっぽい人いなかったし……」

「……」

くる～りと首を回してロイドの後ろにいるマリーに視線を送るイブ。

マリーはさめざめと泣いていました。

「うん、気が付いてくれなかったからこそ、この局面にたどり着けたと考えれば……私は本望よ」

「全部終わったら生活態度を改めようぜマリーさんよぉ」

フォローともつかないリホの言葉にウンと頷くしかないマリー。

「結局王女様とは会えませんでしたが、きっとどこか安全な場所に隠れているんでしょうね」

ロイド、うしろー、と言いたくなる衝動。

イブはロイド以外の面々に「そんな理由だったの」と目で尋ねました。

「まぁ私はロイド様との密着チャンスがあるのではと着いてきただけですから」

「アタシはセレンがセクハラしねーようにだな」

「……右に同じ」

「そもそもロイド殿が慌てていたら理由は何であれサポートするのが弟子の務め！」

「……左に同じ」

温かい仲間の言葉。

一方、マリーはというと複雑な顔でした。

「ロイド君があんな顔で急いでいたから何事かと思ったら王女様を心配していたなんて、正直びっくりよ。嬉しいけれども、びっくりよ」

ロイドは自分を王女と思っていない……心配が架空の王女様に向かっているのが何ともいえないマリーでした。

そして、最後のこのタイミングまで勘違いミラクルをかますロイドにイブはお冠です。

「もうちょっと生活態度を改めなさいよマリーちゃん！　あんたが王女らしくしっかりしていればこんな最後に邪魔されなかったのに！」

「なんでラスボスに生活態度の説教をされなきゃならないのよ！」

理不尽にキレられ心身ズタボロのマリーは涙ながらに反論します。

そこにロイドがフォローという名前の追い打ちをかけました。

「そうですよ、マリーさんのだらしなさと王女様、いったいどこが関係があるんですか？」

「どこっていうか全部なんだけどなぁ……」

声を大にするロイド、呆れてボソリ呟くイブ。

そんな二人の言葉がマリーには刺さる刺さる……今、コンロンの村人よりボロボロじゃないですかね、彼女。

イブはたまらずマリーを指さします。

「ほら！　マリーちゃんへコんでいるじゃない！」

「なんでマリーさんが⁉」

「もう言っちゃうけど！　その魔女的な娘がアザミ王国の王女様よロイド君！」

イブのぶっちゃけにロイドはマリーの方をチラリ見やり……大きく首を振ります。

「そうやってバレバレの嘘を付いて動揺させようとしても！　騙されませんよ！」

「真実よ！　あとその無自覚が人の心を傷つけるのよ！　マリーちゃんもこの際だからちゃんと言いなさい！」

一周回ってマリーを励ますイブ。

マリーは死んだ目でボソボソ何かを言っています。

「私が何度いっても無理だったからもう無理でゲスよぉ……」

「諦めるな！　卑屈になるな！　前を向きなさい！」

ラスボスに励まされるマリー（笑）

この様子をソウはウサギの着ぐるみと戦いながら朗らかに見つめていました。

「フフフ……いるだけでシリアスをコメディに。バッドエンドをハッピーエンドに変える魅力を持つ……それが真の英雄というものだよ」

「クソ……クッソ！　クッソ！」

もう何も言えないイブはこの場から全力で逃げ出しました。

「あ、ちょっと！」

呼び止めるロイド。

そんな彼に追いかけるようソウが促します。

「ここは我々に任せて彼女を追いかけたまえロイド君。コンロンの村人は必ず守ってみせるよ」

「あ、はい……ありがとうございます」

殊勝に頭を下げるロイドに、ソウはどこからともなくキャメラを取り出し彼を撮影し始めます。

そしてインタビューを始めるかのように語りかけます。

「頑張りなさい、私の次の英雄よ……ところでロイド君」

「あ、はい」

「今の私は何に見えるかね？」

「えっと……ん～と……隠居したおじいちゃんって感じがします」

ソウはハハハと大笑いです。

「そうとも、英雄も悪い人ごっこもやめた楽隠居だ。さぁここは私たちに任せなさい」

「よろしく……お願いします！」

ロイドの隣にサタンが第二形態——獅子の姿で現れます。

「乗るんだロイド氏、スルト、キミはここでアランをフォローしてくれ」

「おうよ、任されたぜ！　アランだけじゃあ心許ないからなぁ！」

トテトテとアランの方に歩むスルト。

彼を見届けたあとサタンはロイドに声をかけます。

「行くぞロイド氏！」

「追いかけましょう！　サタンさん！　みなさん！　コンロンの村を、僕の故郷をよろしくお願いします！」

真っ先に胸を叩いたのはセレンでした。

「任せてください ロイド様、ここは私の故郷になる予定でもありますから」

「こいつどさくさに紛れて……まぁ、まかせろやロイド」

「……ん」

リホにフィロ、他の面々も口々に任せろと大いに頷き胸を叩きます。

頼れる仲間（約一名、目が死んでいますが）に故郷を託し、ロイドはイブを追いかけるのでした。

最終局面は、もう目の前です。

さて、聖剣を持たされ一人大陸の辺境、そのまた奥の奥、「最果ての牢獄」へと歩かされているアンズはおっかなびっくりな表情です。

いくら武を極めし者の聖地アスコルビン自治領の領主とはいえ、おとぎ話に名高いコンロンの村の奥……それも自分の意志ではなく強制的にコントロールされて歩かされているものですから、情けない表情も無理ありません。木の枝を踏んだ時の音や木の葉のざわめき一つで肩をすくめてしまうほど。

やがて雑木林を抜け、アンズは草原にたどり着きます。

そして、爽やかな草原の向こうには異様な気配を放つ岩肌。

操られているアンズはズンズンとその岩の方へとあらがうことなく向かうしかありません。

「勘弁してくれよ、アタイの直感が警報鳴らしまくっているんだぜ。あそこは危険だってなぁ」

そんな誰に言うでもない恨み節を口にしながら、アンズは岩肌の麓へとたどり着きました。

目の前に広がるはこれまた異様な光景。

見たこともない前衛的で近代的な建築物が岩肌にめり込む……いえ、融合しているような異質な洞窟の入り口。

そこを躊躇（ちゅうちょ）なくアンズは歩かされているものですからたまったもんじゃありません。

「なんだよここ、地獄への入り口か⁉　って、うおわぁぁ！」

そんな彼女の背後からガシッと体を掴む者が。

「ヘロー」

後ろから追いついたイブでした。文字通りすっ飛んできた彼女は彼女の腰を掴むと一気に洞窟の最奥へと飛んでいきます。

「い、イブさんよぉ！　離せって！」

「ごめんねぇアンズちゃん。悠長なこと言っていられなくなっちゃったのよ」

その口調にアンズはピンと来たようです。

「まさかロイド君が来てくれたとかか？」

あの少年ならミラクルを起こしてくれる、もはや共通認識となっているレベルなんでしょうね。

「そういう勘は冴えているわねアンズちゃん」

大当たりで舌打ちするしかないイブはアンズを抱えたまま無言で最果ての牢獄、その奥へ奥へと飛んでいきます。

後方からは微かにロイドと思わし気少年の声が洞窟になり響きます。

「もしかしてここかな？　待てー！」

「くぅ、もう来た？　でも全然まだ余裕！　私は仕事が早いのよ！」

加速するイブは奥へと進んでいき――

そして、最果ての牢獄。

その最深部へとたどり着きました。

誰も踏み入れたことのないような静謐さを醸し出す空間。

自然石と人工物……おそらくは研究所の名残であるコンクリートが混じり合い回廊のようになっております。

その中央に鎮座するは何とも形容し難い大きな「要石」でした。

巨大な重石のような物が中央に置かれ、その下には大きな石の蓋。

全体を漬け物石と考えたらわかりやすい、そんな場所です。

しめ縄に札でも張られていたら祀られている何かと思えるでしょうが裸で鎮座している様がかえって不気味でした。

そしてどこからともなく聞こえてくるモスキート音のような駆動音が鼓膜をくすぐり、たたずむ物の不安を掻き立てます。

初めて訪れた人に直感で「ここは人間がいていいところじゃない」そう思わせるような場所でした。

「んだよここ……おわぁ！」

ぼいーんと放り投げられアンズは顔面から床に激突してしまいます。

イブはというと感慨深げにその要石のような物を見上げていました。

「数百年ぶりねぇ、つい昨日のことに思えるわ」

遙か昔、この呪術的に作られたようなシャーマニズム全開の要石を孤島で見つけたあの日から、飽き始めた人生に彩りが生まれた……新しいおもちゃを手にして脳汁がドバドバ出た時のことをイブは思い返していました。

「異世界側に研究所ごと入り口が転移してくれたのは行幸だったわ、これなら向こうと手順は一緒ね。まずは……」

ブツブツと独り言を言い始めるイブ。

警戒色や文様があるわけではないのに「触るな危険」と脳が警報を鳴らす不気味な要石を初めて見たアンズはイブに「何コレ」と尋ねます。

「イブさんよぉ、これちょっとどころじゃないくらいやばい代物だよな」

「……っと。さっすがアンズちゃん、野生の勘ビンビン感じちゃう？」

「あぁ、魔王ってヤツを濃縮した雰囲気がするぜ」

「濃縮還元！　言い得て妙ね！」

ゲラゲラと笑うイブ。

アンズはおぞましい何かを前にして笑える余裕はいっさいありませんでした。

何かを封印しているような意味ありげな要石は「それをどかしてしまったら魑魅魍魎（ちみもうりょう）の類が世に解き放たれる」と思わせる童話に出てきそうな代物としか思えないようです。

そこに来てようやく「魔王を解き放つ」といっていたイブの意味が理解できました。

「アルカさんやコンロンの村人たちが倒した魔王が封じられているんだな。それがここか」

「見ただけでわかっちゃいますぅ？」

アパレル店員のようなノリのイブにアンズは嘆息します。

「赤子だって触っちゃなんねえもんだってわかるぜぇ、こんな禍々しいもの」

初めて海を見た子猫のようにビビるアンズにイブは鼻を高くして解説します。

「ここにちょっぴり隙間ができているでしょう？　弱い魔王はここから倒しても出てきちゃうの。ヤベー魔王も時間をかけてゆっくりと出てくるみたいね」

ほんの指一本入るかはいらないかの隙間。

ここから魔王が這い出てくるのかと思うとアンズはぞっとします。

「じゃあこの要石をどかして全部取っ払っちまったら……」

「大量の魔王が復活する――だけじゃないわ」

「だけじゃねーの⁉」

「この周辺にいる人間全員向こうの世界に飛ばされたり、濃厚な魔力にあてられてちゃんと正気を失うわよ」

「なんだよちゃんと正気を失うって」

イブは怖い顔をしてアンズを脅します。

「魔王になっちゃうってことよ」

「まお……」

息をのむアンズ。

「自分の理想の頃の年齢をキープして夢や理想に準じた異能を身につけるわ。あと願いが一つ叶う……というか世界に影響を与えてしまうわね。ユーグちゃんが身長の低い仲間が欲しいと常日頃言っていたからドワーフという種族がこの世界に生まれたの。ドワーフがいるくせにエルフがいないのはそういう理由ね」

「える、ふ?」

「あぁ、こっちの話。だから全開にする必要はないわよ、私一人通れる隙間を開けてくれればいいから。まぁ余裕で魔王は世に解き放たれるけどね――」

その時です、遙か後方からロイドと思わしき声がこだましてきました。

「っとベシャリすぎは私の悪い癖ね。んじゃアンズちゃん、要石に聖剣をぶっ刺してちょうだい」

指でちょいちょいとアンズをコントロール。

ぎこちない動きでアンズは要石の方へと歩かされます。

「くそ、こんなのちょっとでも動かしたらヤバいってのはわかるぜ」

「安心して、私が向こうの世界に行ったらきっちり閉めてくれればいいし。ほんの一瞬よ。まぁその一瞬で魔王は這い出て来ちゃうけどね……自らの夢に倣った異形の研究員たちが」

アバドンは昆虫食を研究していた人間、トレントは砂漠の緑化を夢見た研究員、もしくは巻き込まれた庭師――イブは過去に思いを馳せ独り言を呟いています。

一方アンズは最後の抵抗を見せていました。

「ヌ、ギギギギ……」

コレをやったらこの世界に大混乱を招いてしまう。それは必死の形相でした。

「――っと、こっちが感傷に浸っているって言うのに。火事場の馬鹿力は勘弁してよ」

「世界がアタイの手に掛かっているなら踏ん張るに決まっているだろうよ」

「世界なんてなるようになるんだから気にすることはないわよ、ホレぶっ刺せ」

指揮者のように腕を振るイブ。

その操作に促されアンズは聖剣を要石に突き刺してしまいました。

「あぁ！」

聖剣は煌々と光ると刃の部分を液状化させ要石のヒビというヒビに染み込んでいきます。

「レジンとか生コンクリート流し込んでいるみたいね」

しばらくすると聖剣は柄の部分だけを残し完全に要石と融合してしまいました。

「柄がレバーの役割になって……あぁこうやって動かせるようにするのね。さぁアンズちゃん動かしてちょうだ――」

「――エアロ！」

ロイドの勇ましい声がラストダンジョンの最奥に響き渡り――。

ドゴバン！　ゴッバン！　ゴッバン………ゴッバオォン！

「な、なによ⁉」

突如ダンジョンの壁が崩れ、そこからロイドとサタンが飛び込んできました。

「ロイド氏⁉　なんたる強引プレイ⁉　こんなの我は教えていないぞ⁉」

「これは最近村長から教わりました！　名付けてコンロン流ダンジョン最短攻略法だそうです！」

「あの破天荒ババアの言うことを鵜呑(うの)みにしてはいかんぞ……だが今回だけはグッジョブだ！」

弱気な部分が無くなりつつあるのはいいとして思い切りがよくなりマネして欲しくない人のマネをし始める……サタンの悩める親心といったところでしょうか。

「グッジョブですか⁉」

「無論！　結果オーライになっちゃったからな！」

目を見開くイブを見てしたり顔のサタン。

ロイドもいつもの柔和(にゅうわ)な表情とは違う勝負師のような顔をしていました。

度重なる邪魔に憎悪を込めて歯ぎしりをするイブ。ミシミシとアゴの骨も軋むほど嫌な音を発しています。

「ロイド……ベラドンナァァ！」

「最後です！　イブ・プロフェン！」

たとえば主人公の隠された出生が決め手になる！そんなベタなラストバトル

世界の中心にある魔力の吹き出る穴。

古来より「イデアの要石」と呼ばれる一枚岩によりその穴は閉じられていた——とある孤島の先住民の石版にはそう記されていたことが後に解析されたそうです。

よくある一種の偶像崇拝。閉ざされた地の土着の神話。

外部との交流が極端に少ない部族の風俗の一例、それ以上の価値はない……そう世間的には判断されていました。

しかし、その地を中心に船や飛行機が行方不明になる「バミューダトライアングル、ドラゴントライアングルなどに連なる新たなトライアングル」と呼ばれる海域ではないかと噂され……往年のオカルトファンは新たなトライアングルの発見に盛り上がったそうです。

ただオカルトの域を脱することはできず、その真意を確かめる学者不在のまま年月は過ぎ去り四方山話として風化しつつある頃、イブの前身……まだ占い師であったエヴァの耳にその噂は届きました。

「そこには全てを叶える未知の力がある」と。

オカルトに知識があったエヴァは戯れにその孤島を探索、そして微量のエネルギーを発する要石を見つけ、そこを中心に新興国を築きます。

地球規模の開かずの間、何でもあるし何もない、世界最大のブラックボックス——

やがてその要石と穴は隠語の意味を含め「装置」と呼ばれるようになり、ごく一部の人間しかその存在を知ることはありませんでした。

元から異世界と繋がっていたのか……

それとも繋がっていると信じられ続けたから繋がってしまったのか……

真意は定かではありませんがこの魔力と古来から呼ばれる「言霊」に近い原理を利用し実用化させるのがプロジェクト名「新世代ルーン文字」でした。

石版に「こじ開けるだけで世界の裏側に吸い込まれてしまう」と記されているとおり、要石を動かすだけで膨大な魔力が吹き出る代わりに世界で色々な物が消失していってしまう……

それは岩だったり建造物だったり人間……そして理性や記憶だったり。まさに等価交換と呼べるものでした。

その後、病に冒されたエヴァ大統領。

焦った彼女は危険性を重々承知でユーグをたぶらかし要石を少し大きく動かして……研究所と職員もろとも異世界に引き込む事故を起こして今に至るというわけだったのです。

特異点、亜空間に近い場所、存在そのものを封じ込める場所という意味でついた名前は

瀬田鳴彦だったころの記憶を取り戻し、初めてラストダンジョンを見たサタンはその異様な雰囲気にあてられ額に汗がにじみ出ます。

「つい最近まで、俺はこの中に倒される度に閉じこめられていた……なるほど、この膨大な魔力、ここなら普通の人間が不死の存在になるのも頷ける」

独り言ちるサタン。

イブもその独り言につられ語り出します。

「私たちもまたルーン文字人間みたいなものよね。文字を描く複雑な行程を『人となり』で表現しこの魔力によって生み出された。こんなスゴイ力を独り占めできたらどれだけ最高か――」

彼女は想像しただけで喜びに震えます。

そして表情を一変させ、鋭い目で招かれざる客――ロイドを睨んでいました。

「空気を読めず何度も何度もよく来てくれたわねロイド少年！　最後ぐらい余裕を持たせちゃくれないかしら？」

気圧されることなくロイドは毅然とした態度をとります。

「あなたが悪いことをしようとしているのは『ざっくり』ですが知っています！　絶対に止めてみせます！」

「ざっくりするな！　ちゃんとそこは理解した上で邪魔してこい！　こっちが納得できない

わ！」

　イブは続いてキッとサタンの方を睨みます。

「瀬田……っと、サタン君！　あなたちゃんと説明しなさい！　そういうところ抜けているのよ！」

　ついつい元上司の口調がにじみ出るイブ。

　サタンは昔のように困った顔になり獅子のたてがみをボリボリ掻きます。

「無茶言わないでくれイブさん、人には向き不向きというのがある」

　たてがみをモシャモシャすることを継続しながら、サタンは言葉を続けます。

「ただ、あなたみたいな人間を引っ掻き回すことに関しては彼は超がつくほど向いている……いわゆる最高の正義の味方だ。このまま純粋な子でいて欲しいと思うくらいだ」

「純粋ってそんな」

　この状況で褒められ照れるロイド。いやぁ純粋ですね。

　イブは半眼を向けています。

「私の人生の集大成の前でイチャコラするんじゃないっての……まぁいいわ、もう聖剣は刺しちゃったし、あとはアンズちゃんに動かしてもらうだけ――」

　ほくそ笑んでアンズの方を振り向くイブ。しかし――

「アイテテ……ありゃ？　自由に動ける？」

「え？」

なんということでしょう。ロイドが壁をぶち抜いたその衝撃でアンズを操作していた髪飾りが取れてしまいました。

「髪飾りで操られていたのか……しかしなんたる幸運、さすがだロイド氏」

まさかの形勢逆転にイブは納得かいない表情です。

「こ、こんな……こんなラッキーでぇぇぇぇ!?」

サタンはくつくつ笑っていました。

「日頃の行いというヤツかな、なんせミラクルを起こす少年だ」

勝ち誇った顔の彼が気にくわないのかイブは口をひん曲げて恐ろしい顔をしています。

「ぐんんぅ！　……ちぃ、まぁいいわ」

その口元を強引に元に戻すとため息を吐き自分にブツブツ言い聞かせ始めました。

「最後の最後にドンパチやって圧勝で帰るのも悪くないわね、そう思うことにした」

思い切りの良さ、切り替えの早さもイブの強みであります。

一瞬にして殺気が充満するラストダンジョンの最奥。

ロイド、サタン、アンズが身構えます。

「まずは――」

イブはそう一言口にしてロイドの方を睨みました。

ロイドは「向かってくる⁉」と戦闘態勢に入りました。

――が、イブはロイドではなくアンズの方を攻撃し始めました。

「ほい、フェイント」

「な」

指先からルーン文字砲による光線を放つイブ。

百戦錬磨のアンズですが強大な敵を前に気後れしていたのでしょう。視線で一瞬自分ではないと隙ができてしまったみたいです。

簡単なフェイントにあっさりかかってしまったアンズ。

ピチュン！

一瞬にして足を打ち抜かれ衣服と肉の焦げる臭い、そして血の香りが漂いました。

「し、しまった……つぅ」

「この状況、一般人には足手まといにしかならないわよアンズちゃん。さ～て足の次は～」

もったいぶるかのように心臓に狙いを付けるイブ。

そのジラしは誰かを誘っているかのようでした。

明らかに罠。

しかし、目の前で命を狙われている人がいるのをロイドが見逃せるはずがありません。

「アンズさん――」

「ロイド氏！　罠だ！」

イブの狡猾さもロイドの優しさも両方知っているサタン。

彼が駆けつけるよりも一瞬早くサタンは動き、ロイドを制止し自分がイブとの間に割って入ります。

ピチュン――

「ぐぬっ」

「さ、サタンさん⁉」

獅子の体軀で覆い被さり、よどみない動きでアンズを庇ったサタン。

その胴体に穴が開き、鮮血が吹き出します。

そして力を失ったのか徐々に獅子の姿から元のタレ目な人間の姿に戻ってしまいました。

イブはわき腹から血を出し倒れるサタンを見て悲鳴にも似た声を上げます。

「あらラッキー！　まさかこっちが釣れるとは！」

わき腹を押さえるサタンにアンズが申し訳なさそうに謝罪します。

「す、すまねぇサタンさん。アタイなんか庇わなくてていいのによぉ」

「気に病むなアンズ氏……」

アンズをフォローしたサタンは気丈にもイブに賞賛風の皮肉を投げかけます。

「やれやれ、さすがだね……狡さや小賢しさは他の追随を許さないイブさんらしい」

「お褒めに与り光栄ですわ～」

イブは鮮血を吹き出すサタンを見て茶化すような姿勢を崩しません。

「ちぃ、楽しそうだなイブさんよぉ」

「そりゃあねぇ。この場で一番厄介な相手が勝手に倒れてくれたんだもの」

対コンロンの村人用兵器ハンニャトウが手持ちにあるイブ。

ショウマやアルカ、鬼神ピリドですら無力化できたその「絶対兵器」があるなら負けるはずがない。

故にこの場で一番厄介なのはサタンだと踏んでいたのでしょう。

それがアンズを庇ってこの有様……もう満悦至極のようです。

「しっかしあなたが庇うとはねぇ、アンズちゃんにも春が来たのかしら」

「この状況で春が来ても困るっての」

否定はしないんだとイブはニヤケ顔です。

そんな彼女にわき腹を押さえながらサタンは笑っています。

「たしかにカタログスペックなら、この中じゃ俺が一番強いだろうさ」

「……」

無言を返すイブ。

サタンは気にせず続けます。

「けど、底知れない物が彼にはある。最後の局面、そこに賭けるだけの何かがね」

彼――ロイドのことを指す左端。

イブは「耳にタコができた」なんてうそぶきながら言葉を返します。

「同じことちょっと前に聞いたわよ、ショウマってヤツからね」

「ショウマ兄さんが」

ポロリと呟くロイドの方をイブは鋭く睨みます。

「私もね、ロイド君のヤバさはよ～くわかっているつもりよ。取り憑いていた麻子ちゃんが彼にホレて言うこと聞かなくなっちゃうとか……狙ったならまだしも無自覚よ、あの時は異世界来て一番肝を冷やしたわよ。でもね――」

イブは勝ち気な態度を崩しませんでした。

「さすがに対策ぐらい練っているっつーの」

ハンニャトウの力。

噴霧してどのくらいで効き始めるのか、顔の付近の方がより効果的なのか……

ショウマやアルカで「実践」したことは「実感」となり、イブに余裕をもたらしていたのでした。

「さっと振りかけて動きを止めて、そして直接注入……あら？　なんだか痔の薬のことを言っているみたいね、恥ずかしいわ」

冗談が言えるほどの余裕があるイブ。

ちらりとサタンとアンズの方を見やります。

「その後サタンを倒してアンズちゃんをコントロールし直して……オッケー、勝ち確定」

ハンニャトウを噴霧して処理して終わり。

底知れなさだろうとミラクルだろうとなんであろうとコンロンの村人である以上ハンニャトウの効力からは決して逃れることはできない。

それはショウマ、アルカ、ピリドをはじめ他の面々ですでに立証済み。

イブの心中はもう勝ったも同然、軽く殺虫剤を噴霧して害虫を駆除するだけの簡単なお仕事と思っていました。

そんな楽勝ムードの彼女とは真逆。

ロイドは最終決戦を前に微笑(ほほえ)みにも表情を見せていました。

アンズが撃たれサタンも致命傷。残された人間は自分一人……自分がやるしかないんだ……

緊張感と高揚感、使命感などなど——

色々な感情が混じり合い一つとなってそれがロイドの表面ににじみ出ていました。

それは自信——

勝てる勝てないではなく「今、自分が成さねばならないこと」が目の前にある。

強い弱いではなくまず動くこと、そして足掻(あが)くこと……

努力を無駄にしない努力、その集大成を一切合切出し切る時だと……

それだけは間違っていない、そう熟知した人間の自信でした。

自然体に近い構えでイブの前に立ちはだかるロイド。

「あら？」

彼女はその気迫にあてられ、足を止め賛嘆の声を上げます。

「いい男になったんじゃない？　いえ、元からだったけどちゃんと覚悟を決めたって感じね。ほうほう」

それをコケにしてやりたい。

彼女の嗜虐心がこれでもかというくらいウズウズしてきた模様です。

弾む心を抑え、イブは構えます。

「まぁ相手になってあげるわ、このままじゃ確かに味気ないものね」

「ありがとうございます……兄さんの仇、みんなの仇、見逃すつもりはありませんでしたから」

「パンチ一発で沈めてあげる」

「どれだけ殴られても止まる気はありません」

息を吐くロイド。

そして目を見開いた瞬間、勢いよく駆け出します。

「覚悟してください！　イブ・プロフェン！」

「かかってきなさい！　ロイド・ベラドンナ！」

タタタッと駆けるロイド。

一気に距離を食いつぶし、勢いそのままに拳を振り上げます。

「うぉぉぉぉ！」

その気合いのこもったロイドに対して――

「ほい、ハンニャトウ」

プシュッと一吹き、流せる洗剤で掃除でもするかのようなノリでロイドの顔に件の秘薬を振りかけます。

「うわわ！」

口を開け、全力で向かっていたロイドはまさかのスプレー攻撃に意表を突かれもろに浴びてしまいます。

パンチ一発――そう言ってあたかも殴り合いで決着を付けようと演出しておいて思い切りスカす……

あまりにも上手くいったのでイブはもう大笑いです。

「くひゃひゃひゃ！」

サタンがこの期に及んでもおちょくるイブに怒りを露わにしました。

「アンタって人はどこまでも人間をバカにするんだな！」

ロイドの真剣な気持ちをコケにしたと憤（いきどお）るもイブはサラリと返します。

「こっちも真剣よ、真剣におちょくって楽しむために頑張っているのよ」

これが彼女の本心、何一つ嘘（うそ）ではありません。

ルーン文字や魔力といった新しいおもちゃを最大級に楽しむため世界を巻き込んだ享楽（きょうらく）主義者の極みともいえる、はた迷惑な傑物。

命を懸けて挑んでくる少年の足を引っかけるような行為、大好物でしょう。

事を終わらせたとイブは悶（もだ）えるロイドに背を向けサタン、アンズの方に向き直りました。

全てを終えた満面の笑み。

「さーてこっちは終了したし、とっとと帰り支度をしましょうね～」

「せい！」

「おご！」

そんなイブの後頭部にロイドの拳が直撃します。

イブは満面の笑みをキープしたままぶっ飛びそのまま壁に激突しました。

「――――――――――――――――――ええ⁉」

マンガのように壁にめり込んだまま間抜けな声を上げるイブ。ずいぶん深くめり込んでいるのでしょうか、声がくぐもっていますね。

そんな彼女の困惑など意に介さず、ロイドは口の中に入ったハンニャトウをペッぺと吐き出します。

「な、何を吹きかけたんですか⁉　うわにっが！　粉っぽくてジョリジョリします」

コンロンの村人を弱体化させるハンニャトウ……効果は覿面でショウマにもアルカにも効いた秘薬。

それをちょっと苦い液体をかけられた程度のリアクションで済ませたロイドにイブは納得いかない顔でした。

「……え？」

まだ理解が追い付かないイブはめり込んだ壁から抜け出し目をひん剝くほど見開いてロイドの方を見やります。

「え？」

まだ納得いかないようで「え？」を繰り返すイブ。

その態度にさすがのロイドもプンスコ怒ります。

「えっ？　って何ですかもう！　こんな嫌がらせ、真剣勝負の最中ですよ！」

最終兵器を嫌がらせ程度扱いされたイブは「嘘でしょう」と狼狽えます。

「そ、そんなことは無いはずよ！　体に異変が出るでしょ！　ホラホラ！」

プシュプシュとハンニャトウを吹きかけるイブ。

ロイドは目をバッテンにして「うわわ」と嫌がる程度にとどまります。お風呂場で水鉄砲を食らっているかのようなリアクションです。

「な、もう！　なんですかもう！」

ロイドの服はしっとり濡れて前髪から液体が滴る……もはや「ビールかけをされた人」状態。

ここまでされても何ら効果が表れないことにイブはもう何が何だかわからない模様です。

「嘘でしょ、嘘でしょ！　どういうことなのよ！」

「に、苦いですって……もう！」

怒って反撃に転じるロイド。

拳の威力はハンニャトウで弱まる……ことなど一切なく、秘薬を吹き付けるイブの指に直撃。

グキィ！

イブの指はあらぬ方向に曲がり腕ごとまた吹き飛ばされ壁に再度激突します。

「うぎゃわ！」

またも思い切り吹き飛ばされるイブ、もう何が何だかわからない表情でした。

「ゆ、指が⁉　全然効いていない⁉　ハンニャトウが⁉」

「ハンニャトウだって？」

聞き返すアンズ。イブは言い訳するようにハンニャトウの効果をまくし立てます。

「ユーグ博士に作ってもらった対コンロンの村人用の猛毒ともいえる代物よ！　古代の文献や遺跡に記しルーン文字を施し野草や銀の粉を練りこんだ特注品よ！」

「ただ苦いだけって言っているぜ、本当かよ」

「確かに普通の人間には苦いだけかもしれないわ！　でもショウマ君にもアルカちゃんにも滅茶苦茶！　めっちゃくちゃ効いていたわよ！」

「それがアルカ氏を倒した代物なのか？　その割には……」

「言いたいことはわかる！　ショボい嫌がらせにしか見えないかもだけど！　研鑽(けんさん)を積み重ねた！　コンロンの村人用の猛毒なのよ！」

全てを吐露したイブ。その効能、その力、その毒性を自らの口で語り再確認したあと、ロイドに理不尽とも思える逆切れをぶつけます。

「ほら！　コンロンの村人は苦しみ息も絶え絶えになる代物なのよ！　地に伏し悶え苦しむのが筋ってもんでしょうが！」

コンロンの村人の癖（くせ）になぜ効かないのだ？

その問いに顔をハンカチで拭（ふ）きながら答えました。

「えっと、よくわかりませんが……」

そう前置きしたあと、ロイドは少し困った顔をして告白をしました。

「僕、正確にはコンロンの村人じゃないんですよ」

「……………………………………………………」

……………………………………………………え？」

ものすごく間をため、真顔で聞き返すイブ。

サタンもアンズも同じように驚いていました。

「その、なんていうか拾われ子なので……いえ、心はコンロンの村人なんですけど」

拾われ子……

まさかの発言にイブたちは絶句してしまいます。

「ピリドじいちゃんを含めて、村のみんなはなんか昔すごかった人の血筋だったみたいですけど、僕にはそれが無くて。カンゾウ兄ちゃんのおじいちゃんカンイチさんとか植物を操るおばちゃんもショウマ兄さんもそんな血筋で……でも僕、拾われ子だからそんな血筋無くて……」

ここまで言われてイブはショウマと戦った時のことを思い出しました。

「ロイドはすごい、必ずアンタに勝つ——」

「そういうこと？　そういうことだったの⁉　あの時の台詞……いえ、あの男がロイド少年に心酔しているその意味が！」

強すぎるが故、全てに冷めてしまったショウマ。

彼が生きる熱を取り戻したのは弱くてもひたむきに頑張るロイドの姿に心を打たれたから。

しかしいま彼の告白によって更なる理由が明らかになりました。

——ただコンロンの村人に拾われた「一般人」だから。

——ただの一般人が努力でコンロンの村人に追いつこうとしていたからショウマは誰よりもロイドを応援したかったということだったのです。

「なるほど、ロイド少年が村で一番弱い理由がそれか」

「にしてもついていけるのが素質っていうか……諦めない強さって奴か」

サタンとアンズの双方が納得する中、一人納得いかないのがイブです。

「ふ、ふざけるな！　よりにもよって！　よりにもよってアンタに効かないなんてそんなオチが！」

「いや、効いていますけど、その目つぶし」

「目つぶしじゃねぇ！」

色々頑張ってきたことが最後の最後で徒労に終わってしまったイブはお冠の模様です。

だがまだハンニャトウが効かないだけ……すぐさまやる気を取り戻します。休日前の一仕事、もうひと踏ん張りやる気が出るものです。

「あと一歩、あと一歩なのよ……ここで敗北してたまるもんですか！」

連戦に次ぐ連戦、数々の難敵を退け、ここまできて自分の野望をザックリとしか理解していない無自覚少年に負けたら悔いが残る。

折れ曲がった指を強引に戻し、握りこぶしを作るとロイドに対して構えを取ります。

「まだ！　まだ魔王の力も！　似非コンロンの村人程度を退ける力は残っているわ！　ここで踏ん張れなかったら今までの準備……いえ生まれ落ちて数百年の人生がパァよ！」

言い聞かせるように自分を鼓舞したあと、臨戦態勢を整えるイブ。

心の奥底に「一度ロイドに負けた」という意識がこびりついたのを実感したのでしょう。この負い目、「ここで完膚なきまでに叩きのめさないと一生尾を引く」という感情を払拭すべく立ち向かいます。

「何の不安もなく、ふんぞり返って、新しいおもちゃで楽しみ尽くすのよ！」

敗北を思い返し眠れぬ夜が訪れる……彼女にとってそれはもっとも許せないことの一つです。

一点のシミも許せない、限定品は手に入れたい、ゲームのアイテムをコンプリートしたい……人がたくさん抱えるこだわり、それが極端に強いイブ。

「それを、妥協してしまったら最後……今までの人生を全否定すると同義なのよ！」

イブの鬼気迫る表情。

ロイドは臆することなく彼女を見やっています。

「よくわかりませんが……」

「わかれ朴訥少年！」

ロイドはゆっくり首を振ります。

「わかりたくないです。色々と目を背けて、自分が正しいと言い聞かせて生きている悪い人のことなんて――」

「アンタに！　私の人生の十分の一も生きていないアンタに！　言われたくはないわよ！」

つんのめるような動きと勢いでイブはロイドに襲いかかります。

ゴーレムの力で腕を強化し、トレントの木の根を体中から蠢かせ、背にアバドンの羽を生やし口からスルトの炎を出しながら……魔王の力を全投入しています。

まさに全力。

しかしその全てをロイドは淡々と処理します。

連戦に次ぐ連戦でイブの力が落ちてきていた……どうもそれだけではないようです。

イブの攻撃が雑になっているのもあるかもしれませんが……一番はロイドが「冷静」でいら

れていることでしょう。

ゴーレムの腕による攻撃を裏拳でいなし、トレントの木の根による攻撃は紙一重でかわしてみせる……

「くぉのぉ！」

怒れるイブ。

今度は羽虫のような不規則な動きから炎を吐くというアクロバティックな動き。

しかしその挙動もロイドはまるで読み切ったかのように回避、さらには避け際(ぎわ)に強力な蹴(け)り足をお見舞いします。

「それ！」

「わぎゃ！」

何とも間抜けな声を漏(も)らすと同時にベキッと尋常ではない骨の折れる音。

イブの感情は苛立(いらだ)ちと戦慄(せんりつ)に支配され、もどかしい顔をしています。

無敵のボディとなったイブの体はコンロンの村人と同じく骨折くらい直ぐに治る……ちょっとした擦(す)り傷となんら変わりはない。

しかし、しかし自分の攻撃が通用しない、今は骨だからまだいいとしてこのままじゃ……いずれ訪れる命に届くダメージに怯(おび)えるイブ。

何度もおなじミスをする自分に苛立ちに似た感情を覚えだしていました。

「チィ！」

トプンと自分の影に潜り込むイブ。サタンの十八番「影移動」です。

「ッ!?　俺の技!?」

叫ぶサタン、反してロイドはこれまた冷静でした。

彼はイブが出てくるのを静かに待ちかまえています。

――スゥ

ロイドの頭上からスッとイブの指先だけが現れ、そこからイブのルーン文字砲が放たれます。

「そこ！」

これも簡単に回避するロイド。

そのままイブの指を摑んで隠れている影から引きずり出します。

ブチィという筋繊維が引き裂かれる音が自分の内側から聞こえたのでしょう。小さく「ヒィ」と身悶えしながら引き出されるイブ。

「この！　このぉ！」

巣穴から出たくない小動物のようにあらがうイブは至近距離からディオニュソスの吐息を浴びせようとします。

幻覚を見せるアルコール分を含んだ吐息。

それもロイドは見越していたのか小さなエアロで吹き飛ばして見せました。

驚くイブ、その隙をロイドは見逃さずに全力のエアロをぶちかましました。

「くらえ！　エアロ！」

「――――がぁ⁉︎」

至近距離で暴風を受けそのまま壁に叩きつけられたイブはかろうじて両の足で立っていますが意識は朦朧としているようです。

「どういうことよ……何でよ……」

もう繕うことをせず苛立ちを隠さずに、イブは尽きぬ疑問を独り言ちてます。

全て適切に対応され、力の差ではない漠然とした何かで自分は劣っている。ショウマもアルカも持ち合わせていない謎の何かに……

「どうしてこうも簡単に！　魔王の力をかわせるのよ！」

満身創痍になりながら吐き捨てるようにイブは短く吠えるしかありません。

その言葉に対しロイドは律儀にも答えるのでした。

「なぜ避けられたりできるのかって感じですね？」

「そうよ！　なによそのカラクリ！　教えなさいよ！」

「大したことはありませんよ。僕、あなたの繰り出す攻撃と同じことをする人とほとんど戦っているんです。どういう動きをどういうふうにするか……あとはもう経験ですかね？」

「なっ」

そうです、ロイドはこのほとんどの魔王の攻撃と戦ったことがあるのです。

イブのストロングポイントの一つである「魔王の詰め合わせ、その能力が使える」。

裏を返すとその攻撃は全てロイドにとって一度経験したことのある技や仲間から見聞きした技。

さらにもう一つ付け加えるなら、イブが戦い慣れしていないことです。

いくら圧倒的な身体能力を手に入れ、いくら変則的な動きをしようとも所詮イブは素人、戦うこと……「武」に時間を割いてきたわけではありません。

戦闘経験という意味では一歩劣るイブ、彼女は「魔王の力詰め合わせ」と得意の口八丁で今日の戦いを乗り切ってきました。

それ故に、ペテンが効かず技のほとんどを経験済みのロイドに軍配が上がるのはある種必然と言えるでしょう。

そして、ダメ押しとして、ロイドは常に格上との戦いを意識し修練を積んできました。

自信の備わった彼ですが常に挑戦者として戦い抜きます。

小さな体からは気概が満ち溢れ全てを受けきって退くことなどない強い意志を放っていました。

数百年生きてきたとしても力を手に入れてまだ一日と経っていないイブ。

いくら力があってもそれを振り回し始めた人間とその人生の大半を弱い自分にあらがい続け

てきた少年の間には大きな隔たりが存在するのです。

こうなるとイブは脆いものです。根っこの部分はペテン師で人を騙すことが一番の取り柄。その取り柄が効かない、残っているのは味のしないプライドのみ。

生まれて以来、初めて無力感に襲われるイブ。

もしかしたら勝てないかもしれない……

突きつけられた現実に焦りが生まれます。

「く、ぐぬぅ……」

心は焦るも踏み込めずにいるイブ。

ロイドはそんな彼女を見て「わかりますよ」と頷いていました。

「どうしようもない時、心ばかり焦って手が縮こまっちゃう時ってありますよね。僕も昔はよくありました」

イブは心の内を悟られぬよう、平然を必死で装います。

「へ、へぇ、じゃあ今は克服したのねぇ、よかったら、教えてもらえないかしら」

たどたどしくも言い返すイブにロイドは鮮烈な言葉を言い放ちました。

「そういう時は、仲間を思い浮かべることです」

「あん？」

「仲間がいる、背中を押してくれる友達、そして支えたい守りたい……その気持ちが縮こまった手を伸ばしてくれるんです！」

さらっと爽やかに言い切るロイド。


「守る者ができた人間の強さってヤツ――」


イブの脳裏に、満身創痍で立ち向かってくるリンコの顔が浮かび上がります。

ゴスッ！

よほどムカついたのでしょう、彼女は自分の側頭部をぶん殴り、その記憶を物理的に追い払おうとしました。

「むっかつくわぁ……」

首をコキコキ鳴らしながら睨みつけるイブにロイドは言葉を続けます。

「僕はこの世界を無茶苦茶にされたくない、仲間と仲間のいる世界を守りたい。だから戦う、ただそれだけです……あなたは戦う理由が希薄だからじゃないですか？　あなたの戦う理由は何ですか？」

「自分が楽しいと思うことをするまでよ！」

ロイドは精神科医のようにしっかりと目を見て、イブに質問を続けます。

「それは本当ですか？　今、全然楽しそうに見えませんけど」

無自覚に芯をえぐってくるロイド。

イブは十八番の心理戦、そのお株を奪われた気がしてなりません。

さらにムキになって反論します。

「ほら、部活動だって大会に向けて苦しい練習があるじゃない、今ソレよ、ソレ」

「そこまで言い切れるのならなぜ向かってこないんですか？　隙だらけですよ僕」

この言葉にカチンときたのか、イブは声を荒らげます。

「うるさい！　何でも……何でもあって何でもできる人間の苦悩なんてわからないでしょ！」

その理不尽とも取れる逆ギレにロイドは至極冷静でした。

「漠然とした寂しさがあったんですね」

「はぁぁぁ！　ガキぃぃ！」

「僕はわかったんです！　できる、できないなんて大した差じゃないってことを！　何でもできて張り合いのある相手がいないなら僕が相手になります！　つらいのを終わらせてあげます！」

「相手にとって不足だらけだけど！　その気概は買ってあげるわ最弱の村人！」

イブの怒号に包まれるラストダンジョンの最深部。

彼女は持ちうる全ての力をさらけ出しロイドを潰そうと殺気立っています。

そんな彼女に対し、ロイドはハンカチを手にゆっくりと構えます。

「いきます」

視線の火花が弾け、そして――


ガッ！　ガガッ！


一気に駆けだし交錯する両名。

「ぐぅ！」

うめき声を上げたのはロイドでした。

イブの放った一本拳でわき腹をえぐられたようです。

「ロイド氏⁉」

「ロイド少年⁉」

地面に膝を突いてしまうロイド。

やってやったとイブはしたり顔で振り向きます。

「どうよ！　小細工抜き！　全部の力を集結させた一本拳は！　ちょっと油断して満身創痍だけど本気を出して魔王の力を総動員させれば――あら？」

そのしたり顔から徐々に血の気が無くなってくるのを本人も気が付いたようです。

ゴトリ、彼女の指先に纏ったゴーレムの石片が崩れ落ち。

ボトリ、蠢いていたトレントの木の根が腐り落ち。

ハラリ、背に生えていたアバドンの極彩色の羽も抜け落ち。

「？」

イブ自身、体に何が起こったのかわからず無言で自分の手のひらをじっと見つめます。

その手のひらは油や水気が失われしわがれていきます。

イブはこの現象をよく知っていました。

それは――老い。

急に自分の手の平がかつての忌み嫌った老いの姿になっていくのに耐えられないのか震える声を上げ出します。

「はぁ⁉　何でよ！　アイツの攻撃はかすっただけよ！　なのにどうして超回復が⁉　ハンカチが触れたくらいで……ハンカチ？」

そこでイブはようやく思い出します。

ロイドが真剣な表情でハンカチに何やら文字を施していたことを。

「あれは……ルーン文字だった⁉」

冷静さを失っていたのでしょうね、失念していたとイブはロイドを見やります。

「な、何をした⁉　何のルーン文字⁉」

わき腹を押さえながら立ち上がり、ロイドはハンカチに施したルーン文字をイブに突きつけました。

「そのルーン文字………」

「リンコさんがさっき教えてくれました、不老不死を解くルーン文字です」

イブは「ありえない」と狼狽えます。

「な、何を！　嘘に決まっているわ！」

それもそうでしょう、リンコは誰にも教えていないような口振りだったからです。

彼女のわめきは止まりません。

「ついさっきですって⁉　……いくら何でもこの短時間、一時間もないというのに会得できるわけがないじゃない！　嘘でしょ！　幻覚とかでしょ⁉」

幻覚だと言い切りたいイブですが手や肌が急速に老いていく感覚は本人が一番よく理解できます。

心が今起きていることは現実だと訴えていますが、認めたくないのかわめきます。

「幻覚よ！　そうよ幻覚よ！　新しいルーン文字がこんなすぐに会得できるわけ！」

「いえ、本当です、リンコさんからさっき教わってきたばかりです」

「はぁ⁉　じゃあ何だっての？　あなた実は天才だったとでも！　ふざけるな！　そんなご都合主義で私が！」

ロイドはまくし立てるイブに首を振りました。

「天才ではありませんよ、このルーン文字は、僕がいつも使っていたルーン文字に少し手を加えただけだったんです。だから、すぐ使えるようになりました」

「いつ……も!?」

横で聞いていたサタンがそのルーン文字を見て気が付きました。

「あ、あれは！　よく見ると……ベースになっているのは『解呪（かいじゅ）のルーン文字』ではないか！」

アンズは「マジで？」と聞き返します。

「解呪ってアバドンに憑かれたやつとかディオニュソスの呪（のろ）いとか解くやつで、ロイド君は綺麗（きれい）になるからってんで掃除に使っていたアレか？　……あぁなるほど」

自分で口にしたあと、アンズは自己解釈します。

たまらずイブが叫びます。

「なるほどって何よアンズちゃん！」

「呪いを解く……そうか、呪いだったんだな、リンコさんにとって」

このルーン文字を造ったリンコにとって、最愛の人と死ねない、我が子が先に死んでしまう辛（つら）さ、その呪いから解き放たれたい、そう思って造ったルーン文字。

ならば解呪のルーンに酷似しても何らおかしいことはない。それは必然ともいえるものでした。

「不死という呪縛（じゅばく）から解き放って欲しい……リンコ所長の気持ちと、たまたまアルカ氏が考案したであろう『解呪のルーン文字』が似通った」

「それを偶然にもロイド君が掃除のために習得していた……奇跡ってやつか」

さて、納得いかないのはイブの方です。それはもう憤りに憤っていました。

「私にとっては呪いじゃないのよ！　嘘よ嘘！　私にとっての呪いはこれじゃなく……」

何でもできて何でも手に入る、地位も名誉もそれなり、ただ親しい人間がいなかった――

「っ⁉」

脳裏に大昔の自分がよぎり本音を吐露します。

急速な老いに意識が混濁し始めた、走馬燈に近い現象でしょう。

しかし、この脳内に轟いた無意識の一言はイブを大いに考えさせることになります。

思えば麻子の体に乗り移っていた頃――

麻子の夢見がちな少女がセレンたちのパジャマパーティを見て「羨ましい」と思ったことに「反吐がでる」と吐き捨てたことがありました。

もしかしてそれは自分も同じ夢を見ていたからではないか……いわゆる同族嫌悪だったからではないか……昔の自分を見ているようだったから……そして――

「あぁ、そうだったのね、だから体に取り憑くことができたの」

イブは悟ってしまいました。

同じ夢を見ていた人間同士だったから一つの体に二つの精神なんて歪なことができたのかと。

その叶わなかった夢を正当化するために、「大のために小は切り捨てる」と自分に言い聞かせ本当に叶えたかった夢から目を逸らし続ける。

それが不老不死になって永遠に――

そう思わなければやっていけなかった人生、そしてねじ曲がった性格を「呪い」と言わずして何というか。

心のどこかで呪いと思っていた……その証拠に言葉とは裏腹に自分の体が老いていくのだと認めたイブ。

手の平に走るようにシワが刻まれる様子を目にし続けても、どこか心が軽くなった表情です。

「……」

煌々と輝く「不老不死を解くルーン」。

イブから視線を逸らさないロイドの瞳にその光が煌めき、長い夜が明けた朝日のような光を放っています。

その陽光にも似た暖かさを前に目を細めるイブはゆっくりとその場に胡座をかいて座り込みました。

たとえるなら試合終了のホイッスルが鳴り、コートに腰を下ろすサッカー選手のような……

しかし勝ったとか負けたとかではなく無我夢中で駆け抜け出し切ったサッカー少女のような爽やかさを醸し出しています。

「も、いいわよ、終わりで」

イブは手をヒラヒラさせると言葉少なに負け宣言をしました。

まだロイドの緊張は解けません。得意の嘘かもと思い警戒に余念がありませんでした。

ヒラヒラさせた手を前に突き出しイブは「ほら」と見せつけます。

「大丈夫、ものすごく効いているわよ、呪いを解くルーン文字」

そして力なく笑い自嘲気味に言葉を続けます。

「ずーっと無茶してきたからかな？　造り物の体だし、元々幽霊みたいな存在で無理矢理この世界に居残っていたってのもあるでしょうけど、力が空気みたいに抜けていく感じ、半端じゃないわよ」

「……」

無言を返すロイド。

イブは構わず続けます。

「本当なら不老不死を解かれた瞬間こんな感じで老けることは無いでしょうけど、自分の体じゃないからこうなっちゃうのかな？　実年齢に偽りの体が引っ張られている感じ？　もう戦いなんて無理でしょうね」

偽りのない言葉。

吹っ切れた心根を感じたロイドはそこでようやく構えを解きました。

「そうですか……」

短く一言。

兄貴分の敵討ち、世界を股に掛けた悪い人間……終わった今となってかける言葉が見あたらないのでしょうか。

老いていく姿を無言で見やるロイドにイブは力なく笑います。

「そうよね、君との因縁はそんなないもの、私のことなんてざっくりとしか知らないみたいだし」

ちょっぴり皮肉めいたことを口にして――

「だから私は負けを認めたし、自覚なく突っ走って自覚なく人の心をほだせるのが、君のいいところでもあるのよね」

そして視線をロイドからサタンとアンズの方に向けました。

「ちゃんと説明して自覚させなさいよ、自分がどれだけデカいことを成し遂げたのか、理解してもらえないとゆっくり眠れないからね」

「あぁ、必ず」

小さく頷くサタンに対し、イブは水気の失われた唇を歪ませ笑います。

「信じていいのかしらね、仕事はそこそこでキャバクラに入り浸る朝帰りの常習犯さん」

「うぐ」

言葉に詰まるサタン、昔の上司に自分の痴態を把握されていて相当バツが悪いのでしょうね。

イブは下を向いて笑うと誰に言うでもない声音で話しかけます。

「それと、用心しなさいよ、満たされすぎた人生は毒になるってこと。その毒に蝕まれ享楽に身を任せ意味のない時間を重ね続けると……こじらせるわよ。仲間も本当にやりたい目的もない自己正当化だけの化け物にね。その時は――」

教訓めいたことを口にしたあと、イブはゆっくりとアンズの方に向き直ります。

「その時は、私にしたみたいに仲良くしてあげてねアンズちゃん。私はもうこじらせすぎて手遅れだったけど、早めにあなたみたいな人がいてくれたら……今は、それだけが悔いよ」

「あぁ」

「単純でバカで変なところで乙女で、打算ってヤツがまったくないから見ていて飽きなかったわ」

「オイ！　今際の際にそれはねーだろ！」

言葉少なに返していたアンズですがイブの畳みかけるような「イジリ」にたまらずツッコみます。

イブは力なく「その反応が可愛いのよね」と笑っていました。

「もっと早く、数百年前の世界で出会えていたら……温泉入りましょうね、私、今度は着ぐるみなんて着ないで裸の付き合いするからさ」

もう意識が混濁しているのでしょう、走馬燈のように浮かぶ光景を口にしだし、そして――

「――」

イブは静かに眠りにつきました。

縁側で陽を浴びゆっくりと休む老婆のように、その姿は穏やかでした。

彼女のそばに歩み寄るアンズは静かに語ります。

「きっとよ、ずーっと肩肘張っていたんだろうぜ。気心知れる仲間がいないまま一回人生を過ごして、自分を正当化しないとやっていけない思想に取り憑かれたまま不老不死になって……」

「元々壊れかけていた心が不死になりタガが外れてしまったのだろうな」

「最後になってもう終わるからって素直になりやがって……最初からそうしておけばいいのによ」

「孤独を正当化させ続け永遠の命を手にしてしまったものの成れの果てか」

サタンは眠るイブに手を合わせ拝みます。

「南無阿弥陀物……っとロイド氏、聖剣を抜いてはもらえないか?」

「あ、はい」

ロイドが聖剣の柄を握り引っこ抜こうとすると、液状化していた刃は元の姿に戻り、するりと抜けてしまいました。

「お見事、さて、これで状況が収まるといいけどよ……問題山積みだよな」

プロフェン王国の件に各国の復興……自治領の長として国政を憂うアンズ。

「収まるさ」

そんな彼女にサタンは確信めいた口調で怪我した彼女に肩を貸します。

「なんせ、どんなバッドエンドもハッピーエンドに変えてみせる少年だ」

「違ぇねぇ、あのイブさんですら最後は和解し合えた感じだもんな」

老婆となり横たわるイブに笑いかけるアンズ。その笑顔は旧友に向けるような稚気溢れる笑みでした。

コンロンの村。

くすぶる戦火立ち込め、殺伐とした戦いの傷跡――

牧歌的な風景が戦場と化しウサギの着ぐるみが奇抜な動きで破壊を繰り返し、それをソウやアザミの面々が食い止めていました。

「ふむ、このままではジリ貧だな……ぬむ？」

唸るソウ。

が、いきなりウサギの着ぐるみは苦しみだし跡形もなく消えてしまいました。

イブが生み出したウサギの着ぐるみのルーン文字人間が次々に消えていくのを見て皆確信しました。「ロイドが止めてくれた」と。

「魔王が湧いて出てくる気配もねーし、こりゃ決まったかな」

安堵の息を漏らすリホにセレンが「当たり前でしょう」と被せてきます。

「当然ですわ！　なんせ私の未来の旦那様ですもの！」

「……それはないし……そんな未来は永劫ない……訂正求む」

間髪入れず訂正を求めるフィロにセレンは猛抗議です。

「ムッキィ！　私とロイド様の可能性は無限大ですわよ！　永来永劫の果て！　輪廻転生を経て――」

戦っている時以上にヒートアップしてくるセレンをマリーはなだめます。

「まぁまぁ、未来の旦那はさておいて」

「なんだいマリーさん」

「未来永劫語り継がれる英雄にはなっちゃったかもね、ロイド君」

ちょっと寂し気に、遠い存在になってしまうかもしれない。そんな雰囲気を醸し出すマリー。

そこに異を唱えるは我らがセレンです。

「そんなわけないですわ！　ずっと無自覚に突き進んできたロイド様が『英雄になった程度』で遠い存在になるわけありませんわ」

英雄になった程度と断言するセレンにフィロもリホも唸ります。

「……羨ましい」

「だな、セレン嬢のそのセンス、脱帽するぜ」

ある意味遠い存在であるセレン、さすがですね。

そこにソウが会話に入ってきます、土埃を払うとウキウキで今から戻ってくるであろうロイドの姿を収めるべくキャメラの手入れを始めながらです。

「何を成そうが彼の心根は変わらん。人のため仲間のため分け隔てなく頑張れるのがロイド少年だ、彼は私と違い英雄という概念に囚われることは無いだろう……レンズは割れていないようだな。僥倖だ」

メルトファンもフンドシをなびかせ同意します。

「その通りだ、初めて会ったあの時から……あの時は弱気でこそあったが、前に進む姿は変わっていない、私がトラディッショナル農業道を邁進する姿と重なる！」

ずいぶん面妖なものと重ねましたね。

会った時からずいぶん変わったのはそっちだろうとリホたちはツッコみたくなりますがここは空気を読んでスルーします。

「ヌハハ！　しかしロイド少年は逞しくなりましたぞ、初めて会った時よりハムストリングがボリューミーになりましたな」

目の付けどころがネキサムです。

「たとえがノーエレガントですわよネキサム。まぁ見違えるようになったのは同意します」

たしなめる同郷のレンゲ。

隣に立つアランも唸ります。

「俺はロイド殿のおかげで変われた！　自分をごまかし無理をすることは勇気ではなく、なりたい自分を信じて弱さを認めることが勇気だと教わったんだ！」

「アラン殿……」

「というわけでレンゲさん、俺は女性慣れしていないし、まだ結婚ってことに戸惑いはあるけど……勇気を出して一歩一歩、夫として慣れていくよ」

「あ、アラン殿！」

もう立派な夫婦ですね、この二人は。

その二人をメナが茶化します。

「熱いね～、ドラゴンスレイヤーって不当に持ち上げられて困っていた時とはえらい違いだね。『しかし二人の幸せは長くは続かなかった』な～んてナレーション入れてあげようかと思ったんだけど熱すぎて入れられなかったよ」

「め、メナさん」

「まぁそれはさて置き、ロイド君に敗れたのは今じゃ私のいい思い出だよ。正面で負けていっそ清々しかったな。その後も色々助けてくれて……うん、感謝だよ」

フィロの件、両親の件、メナはロイドに思うところがあるのでしょう。

「……私も、私自身の迷いを吹っ切らせてくれた。もし師匠が仮に弱かったとしても、尊敬できる存在」

「ヌハハ、我が輩を手刀でひん剝いた時の話ですな」

「……言い方」

そんな和やかなムード漂う中。

件の英雄が爽やかな笑顔を携え戻ってきました。

成し遂げた異業などまるで感じさせない、買い物帰りのような雰囲気。

「みなさんお待たせしました、イブさんを止めてきました！」

普段と変わらぬ謙虚な態度で「世界の危機を救ってきた」と声高に伝えるロイド。

いつものように手を振って笑顔を向ける彼に皆ほっこりと笑うのでした。

たとえようのないハッピーエンド

あの日から二年が過ぎました。

私、石倉麻子――アサコは今、アザミ王国で父のヴリトラこと石倉仁と一緒に暮らしています。

先の騒動のあと、目を覚ました私は父から今まで何が起きたのか、その一部始終を聞かされました。

にわかに信じがたい荒唐無稽な話の数々――

でも、不思議と驚きはありませんでした。

なぜなら私はずっとその様子を見ていたからです。

いえ、正確には私ではなく私の体を乗っ取っていたエヴァ大統領――イブ・プロフェンを通して……

意識こそ眠りについていた私ですが体が覚えていると言った方がいいのでしょうか？　子供の頃のことを覚えていなくても「あの時あぁだったんだよ」と言われたら「そういえば、あったなぁ」と思い出すような……それに近い感覚です。

そんなわけで、すぐさまこのファンタジーな世界に順応した私はリハビリを兼ね、アザミのお城でお仕事をさせてもらっています。

働かざるものは食うべからず……というのは建前で本当は彼の姿を近くで見ていたいというのは内緒です。

ただあまりにも近くで見てしまうと、あの「アザミの猛きストーカー」がどこからともなく現れて邪気を飛ばしてくるので、ほどほどにしないと面倒なんです。

まぁ私が魔王の力を制御できるようになるのが先か、彼女が警察に捕まりジクロック監獄にブチ込まれるのが先かなのであまり焦ってはいませんね。

「しかし彼女がアザミ軍の警邏に所属するなんて……向こうの世界でいう公安にマークされている人物が公安に所属するようなものでしょうに」

そんなグチを独り言ちながら私は「ちょっとした野望」の準備を始めていました。

そこに――

「起きているか、アサコ」

渋い声が聞こえ、私は思わず身をすくめます。

そして少し苛立った感じでつっけんどんに答えました。

「もう、お父さん。ノックしてってていつも言っているでしょ⁉」

ほんのり眉間にシワを寄せるのがコツです、これで父はタジタジになりますから。

「あ、あぁスマン。謝罪は後日書面で」

元研究員で「ヴリトラ」と呼ばれる蛇の魔王だった父は今アザミ王国のお后（きさき）リンコさんの助手として様々な仕事に尽力しています。

内紛を起こしていたジオウ帝国……っと今はジオウ王国をまとめたり混乱の最中にあるプロフェン王国との国交正常に向けての活動、あとはルーン文字で人々の生活をよりよくするための研究などなど。

向こうの世界では仕事の虫で不仲だった時期もありましたが今じゃすっかり仲良し親子です。

……数百年かかったことを天国のお母さんが知ったら呆（あき）れられるでしょうね。

「今日の予定は？　外出の準備していたが、どこか行くのか」

朝食の時間、そう問いかける父。

トマトディップソースをたっぷり塗ったトーストを頬張（ほおば）りながら私は答えます。

「ふふぉい」

「こら、ちゃんとしなさい」

「んぐ……言ったじゃない、取材よ取材」

コーヒーでパンを飲み干し答えた私に父は頬を掻（か）いて呆れた表情です。

「お前、まだ諦（あきら）めていなかったのか？」

諦めると言われ私はさすがに文句を言ってやりました。

「諦めるも何も！　この野望はまだ始まったばっかりよ！」

「いや、聞かされてから一年は経過している気がするが……そろそろ形になってもいい頃合いだと思うが」

「一応、不老不死の私にとって一年なんて大したことないわよ」

思うところあるのでしょうか、父は私に説教しだします。

「時間に余裕がありすぎるのも逆に切羽詰まらなくなってなぁなぁになるものだぞ。即日提出の書類は忘れないくせに猶予が一週間の提出物だと確実に忘れる瀬田という男がいてだな……」

「は〜いはいはい！　じゃあ行ってきま〜す」

「お、おい！　今日の午後の予定は忘れていないだろうな⁉」

「当たり前でしょ！　じゃね！」

去り際に父がぼやいているのが聞こえました。

「小説を書くなんてなぁ……まずは完成させることが大事だというのに」

微妙に聞こえるか聞こえないかの声量……普通に言われるよりイラっとしません？

私はついつい踵を返すとドアから半身を出して言い返してやります。

「こだわりすぎたら完成が遅れるのはわかっているけど、こだわりたいものでしょう」

「にしても頻繁に取材に行き過ぎではないか？　もう取材が目的になりつつあるぞ」

「取材は大事なのよ！」

自分の目で見聞きすることがいいんです。

なぜかって？　自分の足で行くこと以上のことはありません。インターネットで風景動画を見ることも悪くはないかと思いますが、動画はどうしても「撮り手の意識」が優先されますから。

なにより、指を軽く動かしクリックして見るより自分の足で赴き自分の目で見る、首を動かし好きな角度を眺め匂いや肌で空気を感じるのは動画じゃ味わえませんもの。聞こえる音だって5・1サラウンドなんて目じゃないリアルですから。

あと身銭を切って旅する方が「せっかくお金を使ったんだし無駄にするものか」と神経が研ぎ澄まされる……あぁ、これは私だけですかね？

そんな生みの苦しみを察してくれない父はさらに苦言を呈してきます。

「本文も完成していないのにタイトルだけ決まっているのもどうかと思うぞ。しかもゲーム用語とか混ぜた長いタイトル。分かりにくいから省略すべきと思うが……」

「私たちが元居た世界で出版する時用だからいいの！　あっちじゃ長いタイトルが流行っていたから問題ないわ！」

「とは言え分かりにくいし、向こうは数百年経っているから流行が――」

「あーもう！　行ってきます！」

少しふくれっ面（つら）になりながら懐（ふところ）から水晶を取り出し、私は秋月（あきづき）さん……アルカさん直伝の「瞬間移動のルーン」でアザミ王国を後にしたのでした。

パシュン——

一瞬でついた先はホテル「レイヨウカク」。

荘厳なたたずまいに豪奢（ごうしゃ）な玄関。

私みたいな少女が一人で門をくぐるには気後れするほどの格式高いホテルです。

地方貴族や名のある商人に王族が商談や会合で利用することもあり内装も実にセレブリティー。きっとコーヒー一杯で牛丼二、三杯は食べられる金額を取るのでしょうね。

そんなおしゃれ空間に私は手記を片手に突撃します。もちろんアポは取ってありますし、もう二回目になるのでカウンターでのやり取りもスムーズです。

さっそうとホテルマンさんが現れ、エントランスからラウンジにすぐに案内していただきました。

「この仕事をあの人がやっていたのか……見たかったな」

そんなことをボヤいている私に剛胆な声がかけられます。

「よぉアサコちゃん」

スキンヘッドのまぶしい元アザミ軍近衛兵（このえへい）のコバさんと——

「おぉ、久しいのぉ」

地方貴族のまとめ役、アランさんのお父さんでもあるスレオニンさん、そして――

「お元気そうでなによりです」

これまた地方貴族でセレンさんのお父さんのロビンさんでした。

三人は「ある事件」をきっかけに仲良くなり、今では月一で会う仲になったようです。

自分の子供の話や近況報告、昨今の商売事情などの情報交換などの話に花を咲かせているとのこと。

そんな場所に私がお邪魔する理由、それは例の事件に関するお話を聞きにきたのです。

「すみません、今日も少しお話を伺ってもよろしいですか?」

「おう！　ロイド君の活躍だよな、前回はドコまで話したっけかな?」

「ウチのバカ息子がサウナで倒れたところだ」

「ありましたね、普通にのぼせたのにトレントに襲われたと慌てた……」

お三方は快く例の事件について語ってくれました。

「ってなわけで、スレオニンさんの秘書が暴走してな、そりゃもうパニックよ」

手記にペンを走らせる私。

しばらくしてからスレオニンさんがチラリと時計に視線を送ります。

「ふむ、そろそろ来る頃だな」

「おや?　何かご用事でも?」とロビンさん。

スレオニンさんは「用事ではない」と笑いました。

「いや、今話にあがっている秘書が今日ここに来る予定なのだよ――おや」

「噂をすれば陰だな」

スレオニンさんが髭を撫でたその時、一人の壮年男性がラウンジに現れました。

「あ、いや、お待たせしました、旦那様にコバさん、ロビンさん……あと、アサコさんでしたかな?」

腰低く何度も頭を下げながら現れたのはスレオニンさんの元秘書ミノキさんです。

なぜ元秘書なのかというと……実はミノキさん、昔トレントの魔王に取り憑かれて大暴れをしてしまいホテルを半壊させたところロイドさんに倒されたことがあるのです。

それ以来秘書の職を辞してジクロックという監獄に収容されたのですが……取材している最中でご本人の登場に私は少し恐縮しながらお辞儀をしました。

「どうも初めまして。アサコ・イシクラと申します」

「あぁ、お話は伺っていますよ。私はミノキと申します、スレオニン様の元秘書で今はこのようなことをしております」

さっと出された名刺には「ジクロック監獄副監獄長」と記されていました。

「副監獄長さん?」

「ええ、先の一件でジクロック監獄に投獄されたのですが……色々ありまして出所後はそこで働いているんですよ」

　お話を聞くと、ミノキさんはロイドさんや囚人たちと共にジクロック監獄で人体実験をしていた当時の監獄長ウルグドの暴走をくい止めたそうです。

　その功績と人柄を現在の監獄長に見初められ副監獄長に就任、投獄の経験を生かし囚人たちを更生させる日々を送っているそうです。

「私としては秘書として戻ってきてもらいたいものだがね。いつでもいいのだぞ」

「もったいないお言葉です、タハハ」

　温かい言葉をかけるスレオニンさんに恐縮するミノキさん。

　ロビンさんがメガネを直しながらミノキさんのことを讃えます。

「犯罪者の社会復帰、そのお手伝いをしているとお聞きします……実に素晴らしいお仕事だと思いますよ。あの辺境での職務、しかも凶悪犯相手に大変でしょう？」

「いえいえ、跳ねっ返りの強い囚人でも『ロイド君』の逸話を怪談話のように話してあげればたいてい大人しくなりますよ」

　タハハと笑うミノキさん。聞いていた卑屈さはすっかりなくなり気のいいお爺さんといった感じです。今の仕事が本当に板についているんでしょうね。

　そんな彼にコバさんが素朴な疑問を投げかけます。

「ロビンさん、やけにジクロック監獄に詳しいな」

ロビンはその問いにしばし無言になると吐露するように答えました。

「…………………いや、なに、うちの娘が、万が一ご厄介になるかもと思うと、つい気になって調べてしまうのですよ。夜が明けることもしばしば――」

「「「あぁ……」」」

私を含め皆一様に納得します。

ロビンさんの娘さんは現在アザミ軍の警邏に所属しておられながらも「アザミの猛きストーカー」の二つ名でブラックリストに載っている要注意人物。公安の人間が公安にマークされている状況なのですから心配でしょう。

娘に万が一……と口では言っていますが、ロビンさんもうすでに娘が逮捕され投獄される前提でミノキさんに頭を下げていました。

「ミノキさん、いえ副監獄長殿、娘がもしご厄介になったら大きくて日当たりの良い独房を――」

「いえいえ、そんなこと言われましても私女性の監獄はよく知らなくて」

独房の予約という前代未聞の交渉をし始めるロビンさん……私やコバさん、スレオニンさんは何も言えずただただ顔を見合わせました。

「時間は大丈夫なのかなアサコちゃん」

スレオニンさんに言われ私は「あ、そろそろ」と席を立ちました。

「このあとも取材かい？　精が出るねぇ」とコバさん。

私は手記をしまいながら頷(うなず)きます。

「はい、アスコルビン自治領の方に」

自治領と聞いたスレオニンさんが微笑(ほほえ)みながら髭をなでました。

「おぉ、今アランがレンゲさんとそっちにいるのでよろしく伝えてくれ」

「わかりました、里帰り出産でしたっけ？」

「うむ、『写真だけじゃ足りない早く本人とご対面させてくれ、家内も嘆(なげ)いている』とも伝えておいてくれ」

孫バカの片鱗(へんりん)を見せるスレオニンさんに微笑む私。

「わかりました、それでは……」

「どうか独房の予約を……寄付としていくら必要ですか？」

「まず犯罪をさせないことが大事かと」

切羽詰まったロビンさんと困り顔のミノキさんに挨拶(あいさつ)しようか迷う私にコバさんが目配せします。

「行きな、こりゃ当分収まらないだろうしな」

私は静かに一礼すると瞬間移動でこの場を後にしました。

パシュ――

そんなわけでアスコルビン自治領です。

竹林や雲のかかる山々。

水墨画に描かれるような風光明媚(めいび)。何度訪れても目を奪われてしまいます。

いくつもの部族によって日々小競り合いの絶えない修行の聖地、今では観光名所としても有名になりました。

私はそこの領主率いる剣の一族のお屋敷へと向かい出します。

胴着を着ている女性に案内され奥へと進むとお座敷にご招待されます。

梅の花と畳の香る襖(ふすま)に仕切られたお座敷。

その上座に領主であるアンズ様が胡座(あぐら)をかいて座っていました。

「いよぉ、久しいなアサコちゃん」

姉御肌のアンズ様は気さくに手を挙げ招いてくれます。

向かいに正座で座る私に「ま、くずしねぃ」と気を遣ってくれました。

「ありがとうございます、お言葉に甘えて」

「体の方はどうだい」

「ええ、もうすっかり。今は力のコントロールの方に勤(いそ)しんでいます」

アンズ様はにっこりと笑いました。

「修練は継続が大事だからな、体と相談しながら精進しなよ」

修行の聖地らしいお言葉、さすがアスコルビン自治領の領主様ですね。

「はい、頑張りま……あれ？」

その時、私は襖の隙間から見える布団に目がいきました。

「あの、今はこちらで寝ているんですか？」

「あぁ、梅の花が見頃だからな。目をつむったままだけど匂いは感じるかと思ってよ」

布団の中に横たわるは寝たきりの老婆……はい、エヴァ大統領ことイブ・プロフェンでした。

すっかり老婆の姿になってあの日以来眠ったままの彼女を「ほってはおけない」とアンズ様が引き取ったそうです。

「……最後あんなこと言われちゃ見捨てる気になれなくてな」

最後。

「私みたいな人間が他にいたら仲良くしてね」と言われたアンズ様、本当にお人好しだと思わず笑ってしまいます。

「ん？　楽しそうだな」

「いえ、何でも」

イブさんが私の体を通じてずっと付き合っていたから記憶はなくともわかるんです、その温かい人柄が。思わずほっこりして笑っちゃいました。

そして、イブさんがアンズ様に本当に感謝していたことも。

アンズ様は頭をコリコリ搔きます。

「このあとどうするかはリンコさんやアルカ村長に相談中だ、イブさんにゃ決まるまでゆっくりしてもらうさ……んで、話ってアレだろ？　例の取材」

「はい、ロイドさんがここで起こしたミラクルについて――」

私が手記を手にお話を伺おうとした時です。

「アンズー、いるのはわかっているべー」

「うっせーのがきた」

アンズ様が眉間にしわを寄せ面倒くさそうな顔をしました。

誰かと振り向くとレンゲさんとアランさんが並んでお座敷に現れます。

「来たべアンズ！　……ありゃ？　アサコちゃんでねか」

「お久しぶりですレンゲさん」

「おぉアサコちゃん、こっちに来ていたのか」

「アランさんもお久しぶりです、それと――」

私は立ち上がるとレンゲさんが抱き抱えている「赤ちゃん」を覗き込みました。

「……う～？」

ぷにぷにほっぺの可愛らしい赤ちゃんが私の顔を不思議そうに見ています。

もちろんアランさんとレンゲさんの子供で名前は「レイラ」だそうです。

「可愛い！　もう何ヶ月でしたっけ？」

「三ヶ月だよな」

アラン夫婦の代わりにアンズ様が答え、レンゲさんは肩をすくめます。

「あら？　ずいぶんレイラに詳しいべなアンズ」

アンズ様は頭をポリポリ掻き続けます。

「そりゃほぼ毎日アタイんところ来ているから覚えもするわ」

アランさんが小さく頭を下げました。

「すみません、でもウチの子アンズさんのこと好きみたいで」

「うー」

「そう言われちゃ断れねえな……おーよしよし」

変顔であやすアンズ様。

はい、どうやらレンゲさんよっぽど嬉しいのか毎日アンズ様に我が子を見せに来て……もうアンズ様も叔母の心境なんでしょうね。

「アサコちゃんがここにいるってことは、例の取材かな？」

「はい、ロイドさんの自治領での活躍をアンズ様の顔を見がてら……そういえばスレオニンさんが『早く孫の顔を見せてくれ』と言っていましたよ。写真じゃ辛抱たまらんそうです」

アランさんは「ったく親父殿」と困り顔になります。

「ははは、すぐ行くと伝えておいてくれ」

そこに亀のスルトさんがアランさんの頭にひょっこり乗っかります。

「いけねぇ、眠っていたぜ……ヘイ！　アサコちゃん！　久しぶりだぜ！」

「トニーさん……っと、スルトさんもお元気そうで何よりです」

「そっちもな。いやぁ病弱だったあの頃を考えると嬉しすぎてティアドロップだぜ」

ホロリ涙するスルトさん。亀の姿で泣かれると海亀の産卵を想像してしまいそうになりますね。

元研究員のトニーさんこと炎の魔王スルトさんは今はアランさんの良きパートナーとして一緒にアザミ軍のお仕事をしているそうです。

「ほら見てくれよアサコちゃん、アランの奴のベイビーをよぉ。目元なんてアランにそっくりだろ」

「あはは……スルトさん、なんか親戚の叔父さんみたいですね」

「ハハハ、姪バカと呼んだってオッケーだぜ」

そんな亀姿の魔王にレンゲさんはちょっぴり厳し目に対応します。

「スルトさん、ウチの子に触る時は消毒してからと何度言ったらわかるべな⁉」

「あ、はい……」

「亀の甲羅は雑菌だらけ、ちっちゃい子供はすぐ熱さ出すんだ、消毒と甲羅干しを怠るでねぇぞ」

「オウ、イエア……」

　魔王に対してこの態度、母は強しですね。

　貫禄の付いたレンゲさんはいつもの紅茶ではなくノンカフェインのほうじ茶を用意しくつろぎだしています。ここ、アンズ様のお屋敷ですよね。

　自前のほうじ茶を口にしながらレンゲさんは私に良い笑顔を向けてきました。

「アサコちゃんはアレだべな、例の取材」

「はい、そうです」

「アンズだけじゃ頼りになんねぇべ、オラも語るだよ～旦那との馴(な)れ初(そ)めやアンズのなっさけないところとかなら夜通し語れるべ」

「情けねぇはねぇだろうが、領主として頑張ってんだからよぉ」

　口を尖(とが)らせるアンズ様を見てレイラちゃんが「きゃっきゃ」笑います。

「変顔したわけじゃねぇんだけどな」

　場が和んだところで私はレンゲさんに素朴な疑問を聞いてみます。

「あの、レンゲさんの口調がずっと訛(なま)っているのですが……何かあったんですか？　普段はエレガントが口癖(くちぐせ)で感情的になると訛る感じでしたけど」

「あぁ、子供が産まれて見栄(みえ)張るの辞めただけだべ。子供の前で取り繕(つくろ)うなんて格好悪いからな……なぁアンタ」

　アランさんは大きく頷きます。

「体面を気にして本質を見失ってはいけない、俺(おれ)がロイド殿から学んだことだ。それを自分の子や後輩に行動で伝えたいのさ」

　そこまで言ったアランさんは気恥ずかしくなったのかハニカんだ表情になりました。

「だからさ、アサコちゃん。俺の情けないところはバンバン書いていいからな」

「わかりました、余すところなくバンバン書きます！」

　元気に返事をする私にアランさんはちょっぴり困った顔になりました。

「ま、まぁ……ちょっとは美化してくれてもいいんだぜ」

「急にへたれるでねぇアンタ！　アサコちゃん、旦那のバカな行為全部書いてくんろ」

　涙目のアランさん、レンゲさんもアンズさんもスルトさんもレイラちゃんも楽しそうに笑っています。

「お、最近良く笑うべな～レイラ。いやぁ子育ては三ヶ月経(た)つと報われるなんて言うけど本当だな」

　スルトさんもアランさん夫婦を見てしみじみしています。

「いいよなぁ、俺も良い相手欲しいぜ」

「今度素敵なカメを紹介しましょうか？」

私の冗談にスルトさんは苦笑いです。

「カメを紹介されてもなぁ……いつか人間の姿に戻るつもりだけど。今の愛玩動物的なポジションの方がモテるんだよなぁ、綺麗なおねーちゃんに撫でてもらったりさぁ」

目先の欲に捕らわれるスルトさん、これは一生カメでしょうね。

そんな彼にアンズさんが釘を差します。

「まぁ、イブさんみてぇに理想の伊達男ボディを造ってもらってモテたとしても虚しいだけだぜ」

「そうだよなぁ、結局ラブストーリーはフェアが一番なんだよな。でも前のぽっちゃり体型は……グヌヌ」

そんな会話をしている内に時間はあっという間に過ぎてしまいました。

私は立ち上がり一礼します。

「すみません、そろそろお暇します」

「ありゃ？　もう行くべか？　ホレ、お姉ちゃんにバイバイは？」

「うーうー」

唸るレイラちゃんに微笑む私。

アンズさんが私に尋ねてきます。

「アサコちゃん、次はどこに行くんだい？」

「これからロクジョウ王国なんです、今日は午後から行事があるので早めに向かいたいなと」

「あぁアレか。ロイド殿たちによろしく伝えてくれ、次回は必ずお供しますと」

アランさんの伝言を聞いている時、アンズさんが言いにくそうに小声で私に話しかけてきます。

「あー悪い、アサコちゃん。その……」

「はい？」

「その……サタンさんによろしく言っといてくれねぇか？　まだしっかりあの時のお礼できていないから今度食事でもってさ」

何となく察した私は満面の笑みでハイと答えます。

レンゲさんも「匂い」を嗅ぎ取ったのでしょう、悪い顔でアンズさんをいじりだします。

「アンズぅ、オメーさんにもようやく春が来たべか？　先輩として色々教えてやるだよ」

「う、うるせぇ！　アサコちゃん！　またな！」

そそくさと逃げるアンズさんに手を振り、私は一路ロクジョウ王国へ瞬間移動しました。

パシュン――

一瞬で到着するはロクジョウ王国。

魔石採掘で有名になった魔法大国でしたが現在は映画を中心としたエンタメ産業が盛ん。アザミに次いで経済発展の著しい国です。

「儲かるものならなんでも食いつく」国民性なので、もう四、五年経ったら別の何かが流行っているかもしれませんね。白いタピオカとか。

現国王のサーデン様の尽力によりちょっと下火だった魔法産業も回復し「魔法とエンタメとサーデンの国を目指すよハッハッハ」と、いつもの暑苦しい笑顔で力説していました。

相変わらずお茶目愛されキャラで国民から信頼を得ているサーデン国王は公務の傍ら自ら主演の映画も何本か制作しておりそのタフネスぶりには舌を巻きます。

その原動力はもちろん「家族」。

妻と娘のためなら不眠不休で道化もこなせるミスタータフ。それがサーデン国王です。

「っん！　いらっしゃいアサコちゃん！　自分がまぶしいサーデンでっす！」ニカッ
その国王自ら私を歓迎しにわざわざ城門の方まで足を運んでくれました。いやタフすぎるでしょ……門番の人呆れていますよ。

「お久しぶりです、サーデン国王」

「そう固くならないでくれアサコちゃん、サーデンと君の仲じゃないか！　さぁここじゃサーデンがまぶしいだろう？　中に向かおうではないかっ」

これ全部演技ですからね、本質は真面目なお人なのでそのギャップにまだ慣れません。

そんなサーデン国王に誘われたのは応接間。

そこにはサーデン国王の奥さんで護衛も兼ねているユビィさんがいらっしゃいました。

「やぁ、元気かい」

「はっはっは、サーデンはいつでも元気だよ！」

「アンタじゃないよ」

夫婦漫才をすかさず披露してくれるサーデン国王を無視して私はユビィさんに会釈します。

「お久しぶりですユビィさん。元気にやらせてもらっています。ユビィさんも相変わらずお若いですね」

私の言葉にまたしてもサーデン国王が割って入ってきます。

「そりゃそうさ！　なんたって僕の愛した妻なのだから！　この間、彼女がワインで酔っぱらった時も――」

――コキャ
「余計なことは口にしない」

「あふん」

一瞬にしてサーデン国王の首があらぬ方向に曲がります。この角度はフクロウしかできませんよ。

「何度見ても照れ隠しにしては荒技ですね」

「ハッハッハ、芸術的だろう、妻の照れ隠しは」

慣れているのかスムーズに首の角度を元に戻すと私にくつろぐように促してくれました。首を簡単に直す所作の方も芸術的ですね。

「で、今日も例の取材かい？　順調かな？」

そう問いかけるユビィさんに私は頷きます。

「はい、あの騒動を本にまとめておきたいと思いまして今各国で取材をしている最中です」

サーデン国王は「いいねぇ」と暑苦しい顔で笑っています。

「話は聞いているさ、何でも映画化といったメディアミックスも視野に入れているそうじゃないか。本格的に始動する時は我がロクジョウ王国も全面サポートさせてもらうよ」

「はい、プロデューサーさんに伝えておきます」

そんなやり取りをしていると一人の可憐（かれん）な少女が応接間に現れました。

「おいっす～アサコちゃん」

糸目がキュートなメナさんです。いつものラフな私服やアザミ軍の軍服ではなく、何とも煌（きら）びやかなドレスに身を包んでの登場……私は思わず息をのんでしまいました。

「お、お久しぶりですメナさん」

メナ・キノンさん。

元傭兵で実はサーデン国王とユビィさんの子……つまりロクジョウの次期王女候補の彼女は色々片づいたあとアザミ王国近衛兵の職を辞め王女となるべく色々勉強している最中でした。

「お綺麗ですねメナさん、王女様姿が様になっていますよ」

メナさんはソファーにドカッと座ると大きく嘆息します。

「はぁ、なまじできちゃうのが問題なんだよねぇ」

「さすが有名女優の顔をもつメナさん、なんでもこなせちゃうんですね」

「毎日肩が凝るよ。フィロちゃんやコリンちゃんとダラダラやっていた頃が懐かしいや」

メナさんは前屈みになると私の方を見やってちょっぴり困った顔を見せました。

「ところでさ、例の小説なんだけど、私が女優していた件も書くのかな？」

「もちろん、こんな素敵な物語取り入れないわけないじゃないですか！　母親であるユビィさんの所在を探すべく女優に扮し、父と思わずサーデン国王の懐に潜り込んだ……ロイドさんも絡んでいるなら書かないわけがありません！」

力強く宣言する私にメナさんは糸目を開いて「勘弁してよ」と嘆いていました。

「自己顕示欲のためじゃなかったからさぁ、大々的に公表するのは恥ずかしいんだよね」

そんな我が子のことなどお構いなしにサーデン国王は朗らかに笑っています。

「何を言っているんだい我が娘よ！　アピってアピってアピりまくろうではないかっ！　メナちゃん単独主演映画の企画もお父さん考えているぞ～」

「ちょ、マジ⁉」

「マジもマジさっ！　ウチは魔法とエンタメの国だよ！　脚本サーデン、監督サーデン！　照明はアラン君あたりにやってもらうとして――」

具体的な計画を語り始めるサーデン国王にユビィさんも乗っかります。

「いいじゃないか、ナッちゃんとロイド君でラブストーリー的なのでも撮るのもありじゃない」

「ちょっとお母さんも⁉」

私はよからぬ方向に話が進みそうになるのを全力でぶった斬ります。

「あーそれはさておき、お伝えしたいことがありまして」

向き直る私。

サーデン国王は悲しそうに首を振りました。

「ハッハッハ、愛の告白かい？　残念だけど僕にはユビィという――」

サーデン国王の首が曲げられる前に私は短く切り込みます。

「アミジンさんの近況報告です」

「………ああ、彼か」

アミジン・オキソ。

表向きは名俳優、実際はロクジョウ王国を陰で支配していた昇青龍党のボス……サーデン国王の友人だった男です。

私はアミジンさんがジクロック監獄でロイドさんと共に悪徳監獄長と戦ったあとのことを伝えます。

「ミノキさんから聞きました。怪盗ザルコ……アザミ王国で悪さしていた悪党と今現在も服役中です」

「そうか」

「しかし昔のような野心はなく、そのザルコさんと一緒に悪路の整備など監獄の仕事に励んでいるそうです。時折サーデン国王に『申し訳なかった』と吐露することもあるとのことです」

サーデン国王は短くため息をつきました。

「囚人としてまっとうに服役している話は小耳に挟んでいるよ。監獄の事件以降、恩赦を求めようともせず仲間と共に悪路の舗装などに励んでいるそうじゃないか……生まれがまともならと今でも悔やむよ」

一息ついたあと、サーデン国王は真摯な眼差しで私にこう告げました。

「謝罪は面と向かって言えと伝えてくれ、今度慰問に向かうことを検討するよ」

「あんた……」

サーデン国王は「それで彼の心が多少晴れるのなら」と実に寛大な対応を見せてくれます。

「わかりました、伝えておきます」

空気が若干重くなったのを察したのか、メナさんが妙に高い声で弾けます。

「さー、ところでアサコちゃんの小説の進捗状況はどうかな～？　いいじゃん教えてくれよ～」

まるで学期末に通信簿を覗き見する同級生のような振る舞いにこの場にいる全員張りつめた

緊張がほぐれます。

「まだプロット……構成の組立段階です。なんせ情報量が多いので」

そこでユビィさんがキャラに合わない笑顔でこんなことを要求してきました。

「じゃあさ、ナッちゃんとロイド君のアレこれを書き足してくれるかい？　艶っぽくさ」

「それはいい！　彼にはロクジョウ王国の次期国王になって欲しいからね！」

乗っかってきてとんでもない要求と願望を上乗せしてくるサーデン国王。

私はそれを全力で固辞します。

「それは謹んでお断りします、歴史的資料として扱われることが作品の目標なので」

「あらら」

歴史的なんてちょっと大きく出過ぎた感はありますが私の固い意志は伝わったようでユビィさんは肩をすくめ苦笑いです。

「ノンフィクションか……ならば今やロクジョウ出身のノンフィクション小説家であるあの人に協力を求めたら完成も早くなるかもしれないぞ」

サーデン国王のアドバイスにメナさんが眉根を寄せ呆れ顔で笑います。

「あーそれは私が謹んでお断りするよ……『あの人』が関わると六割自分語りになって歴史的資料じゃなく自叙伝になっちゃうね」

「ですよね」

私とメナさんは笑い合うとまとめてもらった資料を受け取り席を立ちました。

「もう行くのかい？」

「はい、このあとプロフェンとジオウ帝国にも顔を出して午後までにアザミに戻らないといけないので」

「午後……あぁ、アレかもうそんな時期かぁ。コリンちゃんと一緒に見たかったなぁ……アサコちゃんみたいに瞬間移動でパパパっと行けたら良かったのに」

「今度やり方教えましょうか？　結構簡単ですよ」

「アハハ、ロクジョウ王国の王女を務めるより楽しそうだけどさ」

私は一礼するとロクジョウ王国から去っていきました。

パシュン――

場所は変わってプロフェン王国。

イブさんの事件から二年……私にとってはあまり良い思い出のある国ではありません。

なんせ乗っ取られていたとはいえウサギの着ぐるみを身につけ何年も王様として活動していたのですから。

国民の方に悪事の片棒を担がせたり最後に裏切ったり……私の考えた行動ではないのですが今でも罪悪感は心の隅っこに残っています。

イブさん……あの人も心のどこかで自分が建国した国に愛着が湧いていたのかも知れません。

入国審査がとにかく厳しい国ですが瞬間移動というチート行為で国内に出没した私はそのままプロフェン王城へと足を運びます。

体が覚えているのか迷うことなく大会議室の方へ。

父の暴走で半壊した棟ですが今ではすっかり改修され元通りです。きっと今国王として頑張っている「あの人」の尽力があるからでしょうけど。

以前以上に綺麗になった大会議室に到着した私はイスに座り待機します。

しばらくしてそこに現れたのは……

「あら？　奇遇ね」

意外や意外、ミコナさんでした。

彼女は念願の外交官になり現在はプロフェン王国やジオウなどの友好に向け何度もアザミ王国と行き来しているそうです。

「ミコナさんはお仕事ですか？」

「ええ、外交官としてね。プロフェンやジオウとアザミ王国を行ったり来たりよ」

「大変ですね、私は瞬間移動があるから全然苦じゃないのですが」

ミコナさんは笑って首を横に振ります。

「そうでもないわよ、私は魔王の力で空を飛べるから……まぁ人目に付かないようにしなきゃいけないのが大変っちゃ大変ね」

相変わらず後天的に魔王の力を受け入れ便利に使いこなすこの人に私は思わず苦笑いです。

ミコナさんは私の機微など意に介さずニタリと笑っていました。

「こういう私にしかできない仕事は美味しいのよ、偉くなる必要があるからね」

「偉くなる必要？」

ミコナさんは肩を揺らし笑います。

「なんせマリーさんのお母さんであるリンコさんとアザミ王が再婚したからね……王女となったマリーさんに近づくには偉くなるっきゃないでしょ！」

「あ、アハハ」

私は乾いた笑いを返すことしかできませんでした。未だにマリーさんが純正の王女様と知らないのはロイドさんとこの人くらいではないでしょうか？

意外にロイドさんと共通点のあるミコナさんが一周回って愛おしくなってきたところで新たなる来客が現れました。

「おぉ、ミコナにアサコちゃんではないか」

「あれ？　アルカさん」

白いローブの黒髪ツインテ、いつもの装いのアルカさんの登場。

ミコナさんが「アルカさん」と親しげに駆け寄り仲良さげにハイタッチなんかしちゃっています。この二人意外に仲がいいんですよね……よく遊びに行く仲らしく、リホさん曰く「変態同士通じ合っている」のだとか。

余談ですがミコナさんの交友範囲はかなり広く、アルカ村長やセレンさんといった色物……っと、ある意味傑物をカバーし、レンゲさんやメナさん、ロールさんとも仲良くできるようで外交官の適性はかなりあるようです。ぶっちゃけロイドさんが絡まないと有能なんですよねこの人。

「しかし、やけに仲がいいですね」

と、私が思わず口にしてしまうほどの打ち解け具合に、最近何かあったのかなと気になってしまいます。

アルカさんは「よくぞ見抜いた」と私の鋭さに驚嘆の声を上げました。

「おぉ、さすがじゃアサコちゃん」

「褒められるほどのことじゃないですが、差し支えなければ教えていただけますか？」

謙遜し問い直す私にミコナさんは「教えないわけないじゃない」とむしろ質問を歓迎する素振りを見せます。聞いて欲しいことなんでしょうか？

「もちろんよ！　むしろ例の小説に書き記して欲しいくらいねっ！」

「うむそうじゃ、なんたってワシらはのぉ……」

「私たちはねぇ……」

顔を見合わせアイコンタクトをすると二人は声をそろえます。

「『最後の戦いにハブられた同士ですっ！』」

「…………」

憂いを帯びた宣言が、虚しく大会議室に響きわたりました。

私のリアクションなど気にもとめず仲間外れにされたと言い出す二人は聞いてもいない恨(うら)み辛(つら)みを私にぶつけてくるのでした。

「私すっごい頑張ってさ、一人であのイブさんと戦って時間稼ぎしたのよ」

「ワシなんてこの一連の事件の当事者じゃというのに最後の最後で……一番おいしい大団円に参加できずまっこと悲しいわい」

「そうよ、最後の戦いに参加できなかったから、ラスボスの最期を見れなかったから！　スッキリしないのよ！」

二人の言いたいことをたとえるなら、一生懸命文化祭の実行委員として頑張ったのに最後の打ち上げに参加できず消化不良……ってことなんでしょうね。

「はぁ」

生返事で呆れ果てる私を二人はあろうことか同意を求めてきました。

「アサコちゃんもわかるじゃろ、目を覚ましたら全部終わっていて」

「いやぁ、イブさんから解放されて消化不良というより救われたって方が強いのですが……」

ぶっちゃけ、こんなことでグダグダ文句言う輩(やから)と一緒にされたくないな……巻き込んで欲しくないというのが本音です。

私は気持ちはわかる振りをしてやり過ごすことに決めました。大人の対応というやつですね。

「でも気持ちはわかります、不完全燃焼ってやつですよね？」

「正解よアサコちゃん！」

「いえ～い！　ハブられ仲間じゃ～い！」

無理矢理傷の舐めあいに仲間入りされた私……今、絶対ロイドさんに見せたくない顔をしていると思います。

私の顔など意に介さずまだ語り続けます。

「なんていうか最後の大団円でロイドに対して今までの一言コメント的なのを添えていたらしいんじゃ、ワシ抜きでよくそんなことができたと逆に褒めたいくらいじゃ」

「絶対私もその場にいるべきでしたよね！　なんたってロイド・ベラドンナと直にやり合って愛する人のために争う……そう！　ライバル関係を築き上げたこのミコナ・ゾルを抜きで一言コメントなんて！」

「最後に師匠格のワシとライバル格のミコナをハブるのだけは御法度じゃ！」

「そうですよ、あの場にいたら『ライバルが最後の最後で認める』という大団円をぐっと引き締め風味豊かにするコメントを用意できたというのに！」

ミコナさんのコメントは料理酒か何かなのでしょうか？

二人がそんな生産性のないグチに花を咲かせている時でした。

ギィと会議室の扉が開きます。

「……」

そこに現れたのはウサギの着ぐるみを着た謎の人物。

謎の人物はてふてふと私たちの方に歩いてくるとそのままポスっとイスに座り込んでガックリとうなだれました。

「疲れた……」

心底疲れたという声が頭部の奥からくぐもって聞こえます。

アルカさんはそんなウサギの着ぐるみに対し、ちょっぴり辛らつな言葉を投げかけました。

「なんじゃこの程度で音を上げよって。もうさすがに慣れたじゃろうて」

その言葉に反応したウサギの着ぐるみは頭部を外して床に投げつけました。

「こんなん慣れるかーい！」

ポヨンポヨンと跳ねる着ぐるみの頭部。

中から現れたのはなんとユーグさんでした。

蒸れたのか汗まみれで前髪は額にぺったり張り付いていかにも暑そうです。

憤りのせいか暑いせいか顔を赤くする彼女にミコナさんは恭しく一礼します。

「お疲れさまですユーグ博士……いえ、プロフェン国王。壮健そうで何よりです」

ほんのり意地悪な一言を添え口元と歪めるミコナさん……まだ魔王の力を体に宿された件、根に持っているみたいですね。

ユーグさんはすぐさま訂正を要求しました。

「プロフェン国王代理ね！　だ・い・り！　諸々落ち着くまでの間、イブさんの替え玉をしているだけだから」

そうです、ワンマン国王だったイブさんが深い眠りについてしまい、プロフェンの中枢が内部崩壊してしまうことを恐れユーグさんが贖罪の意味を込め今「イブ・プロフェン」として王様を演じているのです。このことを知っているのは一部の人間のみ。

贖罪として進んで国王になったユーグさんですが、イブさんの真似をするため「ウサギの着ぐるみを着ておどけながら国を統治する」というトリッキーな政治活動を余儀なくされているのでした。

「はぁ、もう……」

すぐさまうなだれるユーグさん。想像以上に神経を消耗するようですね。

ぐったりしながら彼女はか細い声で誰に言うまでもなくグチをこぼし出しました。

「いやさぁ、ボクのせいでこっの世界に研究所のみんなを巻き込んじゃったし、あげくイブさんに騙されてこの世界を元の世界と勘違いして……そんでもって何とかしよう、失敗を取り戻そうと奔走して暴走していっぱい迷惑をかけた贖罪だと自分で納得はしているんだよ、この着ぐるみ政治バツゲーム」

　全然納得していない感じのユーグさん。バツゲームだなんてストレスよっぽどなんでしょうね。あのアルカさんですら同情の眼差しです。

「まぁ普通の政治ならまだしもイブさんのノリでこなさなきゃいかんのはキツいのう。ほぼ踊りながら政（まつりごと）をしろってことじゃし」

「急に普通になったら中身別人と入れ替わったって疑われますもんね。まぁアザミとしっかり連携し後継者を選出するまでは替え玉キープでお願いしますよ」

　外交官らしく国内安定のためと放棄しないよう念押しするミコナさん。

　ユーグさんは心折れそうな顔で頷きました。

「できるだけやってみるさ、でもやばくなったらフォローしてくれよ」

　その弱音にアルカさんはニンマリと笑いました。

「それじゃそれ……ヌシに足りんのはその人に頼る弱さというのを見せることじゃ、天才アルカちゃんに対抗しようと勝手に一人で成果を得ようとしたのがそもそもの発端じゃからな」

　ほんのりマウントとっているアルカさんのフォローともつかない言葉にユーグさんはムキになっちゃいました。

「前半良い話かと思ったら後半上から目線で調子に乗ったなアルカ！　今に見ていろ！　プロフェン王国を大きくしてコンロンの村の領地を奪い取って併合してやる」

「あの、アザミ王国外交官の前で堂々と侵略を公言するのは控えてください」

何とも物騒なことをのたまうユーグさんにさすがのミコナさんも釘を差します。

……が、ミコナさんのキャラを理解しているユーグさんは彼女に悪魔めいた提案を囁きます。

「仮にさ、プロフェン王国の大陸統一を手伝ってくれたらアザミ王女のマリーちゃんを政略結婚として好き放題する権利をあげるけど、どうする？　仮にだけど」

「仮だとしたらアリですね！」

外観誘致罪が今まさに成立した瞬間でした。

このまま放置したら別のお話が始まってしまうので私は話を止めるべくユーグさんに頼んでいた資料を要求しました。

「お戯れはここまでにしてユーグさん、例の資料を頂けませんか？　プロフェンで起きた色々なことをプロデューサーたちが精査したいとのことで」

ユーグさんは着ぐるみの中から閉じ紐でまとめられた資料を取り出しました。

「はいはい、ここにあるよ。しっかしプロデューサーねぇ」

私に資料を差し出すユーグさんの顔は呆れかえっておりました。

「プロデューサーたちって誰なのアサコちゃん？」

ミコナさんの質問に対し、私に代わってアルカさんが苦い顔で返答します。

「例のアヤツらじゃよ。変なところに生き甲斐を見いだしてしもうた連中じゃゃい」

そこまで言われ誰だかわかったミコナさんは「あぁ」と納得の表情です。

「あの面々か、本当に自由人ですね。最近じゃ私の同級生も巻き込んで何かたくらんでいるとか」

「まぁでも温かい目で見守ってやってくれ。心が空っぽだった者が一つの目標に取り組むことは悪いことではないのだからのぉ」

「そうですね、私もマリーさんという最終目標があってここまでやってこれましたし」

「何を持ってマリーちゃんがゴールなのか……」

さすがにツッコむユーグさん、これには私も同意です。ミコナさんがどこに向かっているのか気になり……ませんね。知らない方がいいでしょう。

さて、時間も時間なので私は資料を手に席を立ちます。

「もう行くのかえ？」

「はい、このあとジオウ、コンロン、そして午後のイベントに顔を出したいので」

「そうか、アレか、ユーグとの仕事が終わったら駆けつけるからまた会おうぞ」

「私も行くわよアサコちゃん。後輩の晴れ舞台……粗探しして指摘するのは先輩の義務だもの」

「放棄すべき義務ですよミコナさん」

先述の人並みにこの二人も相当な自由人ですよね。

その一方でユーグさんが傍らで申し訳なさそうにしていました。

「ジオウに行くんだ、じゃあよろしく言っといて……ボクのせいで大変な目にあった国だから」

「はい、了解しました」

神妙な顔のユーグさんでしたが何かを思い出し苦笑いしました。

「ま、今ではちょっとはマシになったって聞くけど……いや、大変のベクトルが変わっただけか」

意味深な呟きにミコナさんが外交官の知見も交えフォローします。

「ある意味心配はいりませんよ、前より確実に豊かになっていますから」

アルカさんも今現在誰がジオウにいるのかを思い出し辟易した顔をしました。

「あぁ。あの二人か……変なことをしないよう釘を刺してくれんか。いや、本人らは至って大真面目なのは知っておるがの」

私は辟易と聞いて苦笑いすると「善処します」と曖昧に濁し、プロフェン王国から一路ジオウの方へ瞬間移動しました。

パシュン――

そしてついた先はジオウ帝国……いえ、今はもう帝政は撤廃され民主主義のジオウ王国に生まれ変わっている最中です。

怪人ソウことソウさんが帝王に成り代わりジオウ王国をロイドさんの引き立て役として悪の枢軸国に仕立て上げていたジオウ帝国。英雄憚の肥やしにされかけた可哀想な国ですが元々腐敗していたのでソウさんやショウマさん、ユーグさんが引っ掻き回したのがかえって良い荒療治になったと考えられますね。

そんな中央の人間私腹を肥やし、その他の一般人が貧困にあえぐ生活を余儀なくされている……そんなジオウの現在はというと――


「世界に羽ばたけアグリカルチャー☆タイフーン！　農業大国ジオウにようこそ！」

「……」


これ以上ひどいキャッチフレーズを私は見たことがありません。一瞬帰りたくなったのは内緒です。

はい、これが現在のジオウ王国。

今現在、この国に最も影響を与えているのは政治改革ではなく産業革命のほう……厳密に言うと農業なのです。

国庫の大半を軍事関係に注ぎ込んでいたジオウ中枢を排除し、改革のためアザミから「ある人物」が派遣されたことによりこの国は百八十度方向を変えたのでした。

その人物曰く「帝政が廃止され民主的な国へと変貌を遂げたがまだ過渡期……混乱を起こさぬために必要なのは安定した食料。つまり農業なのだ」とのこと。

この人物が何者なのか、もうおわかりですね……私は広大な小麦畑を眺めながら「相変わらずすごい農業愛だなぁ」と関心しながらジオウの中心へと足を運びます。

黄金色の海……そう表現してもいいくらいに広大な小麦畑。

その中央の奇妙な光景が私の目に飛び込んできました。

「そいや！　そいや！　そいや！　そいや！　小麦と大地に感謝を込めてっっっ！　レェエッツ……」

「「「アグリカルチャー！　タイフーン！」」」

「そうだっ！　巻き起こせっ！　農業旋風をっっっ！」

「……目を向けるんじゃなかった」

実に目を逸らしたくなる光景でした。振り向いたのを後悔するくらいには。

ジオウの若い衆と一緒に収穫に精を出すメルトファンさんの姿がそこにありました。

例によって小麦色の肌をさらしたフンドシ姿、異様なのはその周りにいる若い衆もフンドシ姿であることです。

「そいや！　そい……ぬ？」

手ぬぐいで額の汗を拭いていたメルトファンさんは私の姿に気が付くと爽やかな笑みを浮かべて声をかけこちらにやってきます。

「おぉ、アサコちゃんではないか」

爽やかさと精悍さを併せ持つイケメンなメルトファンさん……服さえ着れば誰しも悔やむ残念さです。

「お久しぶりですメルトファン元大佐」

元大佐と言われたメルトファンはチッチと指を振りました。

「申し訳ないアサコちゃん、その呼び名も間違ってはいないが、ここではこう呼んでもらえないだろうか」

「あ、はい」

役職が変わったのかな？　それともアザミ軍元大佐の肩書きはジオウでは不便なのかな？　そう考える私に彼はこう伝えます。

「そう、今の私は――」

クワとカマをどこからともなく召還したメルトファンさんはビシリとポーズを取ります。

「アグリカルチャーマイスター☆メルトファン・デキストロ……と！」

一言、長いですね。

何かをこじらせたのはあえて聞かないで私は淡々と受け答えます。

「長いのでメルトファンさんでいいですか?」

「うむ、敬称略、大いに結構だ」

敬って割愛はしていませんが……まぁ色々な意味で尊敬しているのでそういうことにしておきましょう。

とりあえず私は話題を変えます。

「アハハ……ところでもう収穫ですか?」

この春めいた時季外れの収穫。実る小麦と格闘する若い衆を見て私は疑問を口にします。

メルトファンさんはそれはもうプリップリの満面の笑みで答えてくれます。

「うむ! コンロンの村から譲り受けた独自の種と農法を研究した結果、ついにかの最果ての地でなくとも三ヶ月に一回収穫できるようになったのだ! いずれコンロンの村のように月一で収穫できるようになりたいものだな!」

「三ヶ月でも十分チートなんですけどね……」

はい、冷戦状態で未だ雪解けできていないアザミ王国の元大佐がここまで受け入れられている……というか神格化されている理由の一つがこの「三ヶ月で収穫できる小麦」です。

一緒に畑を耕し飢えを凌ぐため尽力してくれる人間……今まで軍事に国庫を湯水のように注いでいた中枢と比べたらたとえ敵国だった人間だとしても慕われるのも無理はないですね。

メルトファンさんは朗らかな笑みで収穫したての小麦に頬ずりしていました……チクチクし

めてくれたのだからね」

「私は改めて農業の力を実感したよ。アザミと、そして私と因縁のあるジオウを繋ぎ止めまとめてくれたのだからね」

「はぁ」

目がハートのメルトファンさんを見て私はついつい生返事をしてしまいます。

「それに加え、ジオウが農業大国として着々と……いやすくすくと成長している姿は本当に感動を覚える！　にっくき敵国だった国を愛おしいと思える日が来るとは想像しなかった……やはり小麦万歳……ビバ農業……」

最後、消え入りそうな声になるくらい感動を噛みしめていますね。

そんな彼の周りに若い衆が集い目の端に涙をためて訴えています。

「私も感動しましたマイスター・メルトファン！」

フンドシをたなびかせ感動にむせび泣く若者たち……平民の食糧事情、よっぽど酷かったんでしょうね。衣食住の食が満たされたら次は衣に気を遣って欲しいと切に願うばかりです。

「わかるか同志よっ！　レッツ……」

「「アグリカルチャー！　タイフーン！」」

「そうだ農業旋風だ！」

「……」

フンドシ姿で感動をわかち合う……ていうか抱きしめあう小麦肌の男性たち。さっきマイスターがどうのこうの言っていましたけど、この様子を見たらマイスターより教祖といった方がしっくりきそうです。フンドシ教？　入会費年会費無料でも入りたくないですね。

そんな男同士でちちくりあ……失礼、汗ばんだ肌を密着させているところに、もう一人のヤベー奴が現れました。

「ヌハハ！　取り込め体に！　ソイ☆プロテインをっ！」

「うわぁ」

私は露骨に嫌な顔をしてしまいました。顔にでる癖、なんとかしないとですね、反省。

両肩に収穫物の入ったカゴを担ぎ現れたのは元アスコルビン自治領「拳（こぶし）の長」タイガー・ネキサムさんです。ショートタイツをお尻（しり）に食い込ませての降臨……この国の男性はお尻に何かを食い込ませないといけない悪法でも成立したのでしょうか？

そんなセルフティーバック状態のネキサムさんは私に気が付くと満面のマッスルスマイルで歓迎してくれます。

「ヌハ⁉　アサコちゃんではないか！　我（わ）が輩（はい）のハムストリングが恋しくなったのかな？」

一応、少女の私にお尻を躊躇（ためら）うことなく見せつけるネキサムさん。この事案が平常運転だからお祭しです。

ネキサムさんは丹念に自分のお尻を見せつけたあと、私の話はいっさい聞かずにカゴに入った収穫物を見せてくれました。

「ヌッハー！　見てくれアサコちゃん！」

「これは……大豆ですか！」

「ザッツライト！　エーンド、ハムストリング！　しなやかなボディを作るソイプロテインの源だぞ！」

それはもう満面の笑みで大豆を見せてくるネキサムさん。

言葉に困る私の感想を待たず、メルトファンさんが喜びます。

「おぉ、畑の肉がこんなにも！　小麦に大豆、そしてトマトなどの緑黄色野菜が安定して収穫できれば自給率が上がるな」

「ヌハハ、ゆくゆくは飼料用の小麦やコーンも生産し酪農も営めれば万々歳（ばんばんざい）！　牛乳飲んでホエイプロテイン！　育て我が輩のハムストリングッ！」

言動はアレですが思った以上にしっかりとした考えを持っている二人に私は思わず感心してしまいました。

彼らの役目――

それはプロフェン王国と同様、次期国王が決まるまでのサポートと国家が安定するための食糧支援と指導だったのですが……

「アグリカルチャー……」

「「「タイフーン！」」」

なんていうかもう王様ポジションに収まっていますね、メルトファンさん。貧困にあえぐ国民にとってやはり衣食住の食が何より大事なのでしょうね。

そんなことを考えている時です、私の会いたかった人が来てくれました。

「メルトファン、ネキサムさん、そろそろお城に戻ってもらわんと……ってアサコちゃんやないか」

「おや、久しぶりどすなぁ」

メルトファンさん同様、アザミ王国から派遣されてきたコリンさんとロールさんでした。

私はジオウに来てようやくまともな人に会えた喜びを噛みしめながら一礼します。

「お久しぶりですコリンさん、ロールさん」

この状況を察してくれたお二人は苦笑いを浮かべて同情してくれます。

「ジオウに到着したとたん二人に絡まれとったんやな……せめて服を着ろっちゅう話やで」

毒づくコリンさんにロールさんは何やらニヤニヤしています。

「まったく、こんな男のどこに惚(ほ)れたかつくづくわかりませんなぁ」

「うっさいわ」

手腕を認められそこは喜ばしい物のフンドシ姿が受け入れられ教祖化している点に滅入っているコリンさんでした。

「もっと仲を進展させたいんやったらフンドシ姿を改めてもらうことくらいできんとなぁ」

「そんなん空を飛べというようなもんやで」

頑張ればできるかもしれないという淡い希望が透けて見えるのが悲哀を増しますね。

色々お疲れのようなので私は早速本題に入ろうと思います。

「あの、前にお願いしていた資料の方頂けますでしょうか？」

「おぉ、あるで〜。精が出るなぁアサコちゃん」

快く用意していた資料――ジオウで何が起こっていたのかをまとめた冊子を渡してくれるコリンさん。

その傍らでロールさんはウンウン唸っていました。

「ええ心がけやでアサコちゃん、想像だけではええもんは書けまへん。綿密に資料とかを読んで必要不要、脚色すべき部分を取捨選択してこそ、ええ文章は生み出されるもんや」

上から目線が若干気になりますが私は「そうですね」と愛想笑いを返しました。

「なんや偉そうに」

「コリン、脳みそでも縮んでしもたんか？　ウチが本でようさん儲けたのを忘れたんか？」

乾いた笑いをコリンさんは浮かべます。

「あぁ、あれやね」

「大作家先生と呼びなはれ」

はい、実はロールさんあのあとロクジョウ王国の負の部分、主に魔法学園と魔法省の腐敗に関する告発した自叙伝が大ヒットし一躍時の人になりました。

ちなみにこのロールさんの暴露本が爆発的ヒットになったことによって出版業界に暴露本ブームが訪れ色々と荒れたそうです。

増長しているロールさんにコリンさんがボソリと呟きます。

「よーゆうわ、一発屋のくせに」

あー、一番痛いところ突きましたねコリンさん。ロールさんの顔がもうわかりやすいくらい鬼の形相へと早変わりしました。青筋って脈打つんですね。

「一発屋やない！　次の作品がちょっとコケただけや！　二の矢三の矢、今準備をしとりますわ！」

さらにコリンさんは確信めいた言葉を続けます。

「ノンフィクションゆーてロクジョウの腐った連中を告発する……恨み辛みが原動力やったのに本が売れて復讐（ふくしゅう）果たしてあぶく銭まで手に入れたから腑（ふ）抜けたんやろ」

「ふぬっ……」

「文章の毒が売りやったのに肝心の毒が抜けてもうて、言葉の通り毒にも薬にもならない次回作なんて売れるわけないやんか」

かなりの勢いで芯を食ってくるコリンさん。

うめき声しか出せないロールさんは反論を試みますが実に弱々しい物でした。

「せやから、原点を見つめ直し新たな作品をやな」

「知っとるでロール、次回作が恋愛小説っての……なにが原点や」

「うっぐぅ！」

なんでしょう、お金を稼いで明らかに余裕あるべきロールさんの方がまったく余裕がないのは。

そんな中、この論戦に気が付いたメルトファンさんとネキサムさんが近寄ってきました。半裸の二人ににじり寄られても動じないところを見るとコリンさんたちもマヒしていますね。

「ヌハハ！　人間、富の次は権威や権力ですからな！」

ネキサムさんも結構芯を食った発言しますね……普段アレな人に図星突かれると余計に効くんですよね。

ロールさんはその言葉に機敏に反応。指を突き付けネキサムさんに詰め寄ります。

「何言うとんのや！　そこの筋肉ダルマ！」

「ヌ？　なぜ褒め言葉を？」

「褒めてへん！　……確かに本が売れて大金が手に入って孤児院の大改修という夢は叶いまし

たわ。だからって次は権力⁉　権威⁉　そんなん黙っても昇り詰められますわ！」

すごい自信たっぷりのロールさんですが、時折切なそうな顔になるのは何でしょうね……

まぁその理由はわかっていますけど。

そんなロールさんに私はついついゲスなことを言ってしまいます。

「あ、そうだ。アンズさんからサタンさんによろしく伝えておいてと言伝をいただいたのですが……」

「ぬな⁉」

いいリアクションですね。

「何かロールさんからサタンさんに伝えることありますか？」

私の意地悪な問いかけにコリンさんがゲス顔で乗っかってきました。

「せやなぁ、ここでバシッと差を付けとかんとアカンでロール」

「な、な、な……何を言ってんコリン！」

一拍置いてからロールさんは観念したかのように私の方に向き直ります。

「さ、サタンさんによろしく伝えておいてや」

「それでいいんですか？」

「ヌハハ、日々の筋トレに差を付けるように細かなやり取りは人間関係では大事ですぞ」

「……あんたらにはこの件に口挟んで欲しくないわ」

コリンさんのどストレートな言葉はメルトファンさんの心には響かないでしょうね、きっと。

そんなやり取りをしている中、ロールさんが重い口を開きます。

「こ、こんど……」

「はい？　今度なんでしょうか？」

「こ、今度お食事にでもと……言うといてや」

ロールさんの言葉を聞き届けた私はコリンさんの方を振り向きます。

「どうでしょうコリンさん」

「六十五点と言いたいところやけどロールのひねくれた性格を考慮に入れて八十五点ってとこやな」

「ヌハハ！　気の利いた食事の理由も添えていれば九十点台は目前でしたな」

「旨い野菜を使っている店があると言えば私は百点だがな」

聞いてもいないのに点数をつける連中は放っておいて、私は資料を手にコリンさんロールさん両名に一礼します。

「コリンさん、資料ありがとうございました。ロールさん、必ずサタンさんに伝えますね」

「何かあったら遠慮なく言ってや、もう少ししたらアザミに戻るからそん時はお茶しに行こか」

「……忘却の彼方に投げ捨てても一向にかまいませんえ」

この期に及んでまだそんなことを言うロールさんに私は「絶対伝えますよ」と顔で示します。

私の表情を見たロールさんは何とも言えない顔でした……コリンさん曰く「この顔でご飯三杯いけるわ」なくらいメシウマな顔だったそうです。

さて私が移動の支度をしているその時でした。

「いそいそ」

「ヌハヌハ」

何かいそいそしているメルトファンさんとネキサムさんの両名。

いやな予感が脳裏をよぎった私はそれを払拭(ふっしょく)すべく別れの挨拶を念押しします。

「あの、それでは私――」

そんな私の別れの挨拶をネキサムさんは食い気味にキャンセルします。

「ウェイト☆ア☆ミニッツ！　エーンド☆ハムストリング！　何を申すかアサコちゃん！」

「コンロンの村に向かったあと、アザミ王国に行くのだろう？　彼らの勇姿をこの眼とふんどしに焼き付けておきたい。是非とも連れて行ってくれ」

着いてくる気満々の二人……

「え？　マジですか」

せめて服を着ろと言いたいところですが――

「では行こうアサコちゃん」

「ヌハハハ！　安全☆運転でよろしく頼むぞ！」

そんなこと言えそうもないくらい準備万端でした。

パシュン――

「……」

雄大な自然に牧歌的な光景が広がる世界の最果てと呼ばれるコンロン。

思わず胸いっぱい息を吸いたくなるほど自然が溢れています。

「ヌハハ！　我が輩コンロンに到☆着！」

「アグリカルチャー！　コンロンよ！　私は帰ってきた！」

……この二人がいなければ心地よく深呼吸していたのですがね。さすがにフンドシ一丁&パンツ一丁の殿方のそばでは気分的な問題が極めて大です。

とりあえず半裸の二人を引き連れコンロンの村の方に足を運びます。

するとさっそく私たちに気が付いた村の方から声がかけられました。

「おぉ、アサコちゃんか。元気にしとるか」

気さくに声をかけてくれたのはロイドさんの育ての親のピリドおじいさんでした。

「お久しぶりですピリドさん。はい、おかげさまで……ピリドさんもお元気そうで何よりです」

「ガッハッハ、ワシは元気だけが取り柄でなぁ……ん？　おぉ、お共にこれまた懐かしい顔が」

「お久しぶりですピリド御大」

「ヌッハー！　御大！　お変わりなく！」

半裸の二人を見てもまったく動じないピリドさん……というより村の人たち全員メルトファンさんとネキサムさんの異常な装いに慣れているのが怖いです。裸って慣れるんでしょうかね。

「ピリドさんはこれからどこに向かうんですか？」

どこに向かっているかわからない二名は置いておいて何気なく尋ねる私。

ピリドさんは気さくに答えてくれました。

「ん？　おぉちょっと川に魚を採りになぁ。今日は来客があっての」

アルカの代わりにもてなさないと……とぼやくピリドさんはどこか楽しそうでした。

「お客さんですか？　この最果ての村に」

楽しそうなピリドさんにメルトファンさんが首を傾げて尋ねます。

「ここ最近入り浸っている奴じゃよ。村長の家がまるで子供のたまり場じゃ……まったく困ったもんじゃて」

あまり困った様子のないピリドさんの顔を見て私は誰が来ているのか察しました。

「なるほど、あの人ですね」

ピリドさんは頷きます。

「うむ、ようやく胸を張ってやりたいことを見つかったようで何よりじゃ。昔は……」

「ヌハ？　彼の昔を知っているのですか？」

「……思い出せん。まぁ昔何があったとしても、今楽しそうに膝を突き合わせて仲間と話しているし万々歳じゃろガッハッハ」

「ヌハハ、昔がいくら細くとも今マッチョなら万々歳ですな。マッスルメモリー！」

そのたとえは置いておいて、ピリドさんは私の方に向き直ります。

「と、いうわけであの連中のことよろしく頼むぞアサコちゃん、お主も噛んでいるんじゃろ」

「そうですね、私にとっても仲間ですので、前みたいに暴走しないよう目を光らせておきますね」

「ありがとよ」

手を上げ揚々と川へ向かうピリドさんに一礼してから私たちは村長宅へ向かいます。

そこで遭遇したのは――

「ん？　おぉ、これはこれは」

「おや？　おっとこれは熱い来客だね」

ショウマさん、ソウさん、そして――

「これは奇遇ね」メガネクイー
「あ、どうも」

ミコナさんの同期でアザミ軍広報部のパメラさんがそこにいました。なぜここにと顔を見合わせるメルトファンさんとネキサムさん。

彼女のことがこの場にいる理由を知っている私は二人に説明します。

「実は彼女も私たちの仲間なんですよ」

「ふむ、先ほどから何度も仲間と耳にしているが……」

「ヌハハ、いったいどの部位の筋トレ仲間なのかな？　教えてマッスル！」

ネキサムさんから見当違いの質問をスルーし、メルトファンさんからの質問に私は答えます。

「ええ、『ロイドさんの英雄譚（えいゆうたん）』その映画化に向けた一大プロジェクトの仲間です」

「ヌハ⁉」

モストマスキュラーポーズをとりながら首を傾げるネキサムさん。

私の言葉を受けたショウマさんは立ち上がると早速口の端に泡を溜（た）める勢いで説明をし始めます。

「そうとも！　俺たちはロイドの素晴らしさを世に広めるメンバーさ！」

「それが映画というわけか」

なんかバンドのメンバー紹介するみたいにショウマさんが語りだしました。

「そうさメルトファンの旦那！　俺がディレクター、ソウの旦那がプロデューサー兼キャメラマン。パメラさんが衣装諸々！　で、原作と脚本が――」

「私ってことになります」

原作って言われるとちょっと気恥ずかしいですね。

ロイドさんの素晴らしさを世に広めるプロジェクト――

最近アルカさんの代わりに村長代理として仕事をしているショウマさんの家に定期的に集まって月一くらいで進捗を報告しあっているのです。

一応月に一回なんですがソウさんは生きる目的を自覚できたのが嬉しいのか頻繁に入り浸ってショウマさんとだべっているようです……部室かってツッコみたいですね。

「この様子を見るにパメラはたまたまここに来ていたのかな？」

パメラさんはトレードマークのメガネをクイーしながら「然り」と答えてくれました。

「映画の衣装や小道具など必要な物に関して相談したいと考えているところにプロデューサー・ソウとばったり遭遇してね。少々無理を言って同行させてもらったのよ」

「ちょうどアザミからコンロンに瞬間移動しようと思っていた時に何かの『波動』を感じ取ってだね。気に病むことはないパメラ君、乗り合い馬車感覚でかまわんよ」

「なるほど、寛大なプロデューサーに感謝です」メガネクイー

瞬間移動を乗り合い馬車とたとえられてもまったく動揺しないパメラさん……この人のメンタル見習うところがありますね。

「ヌハハ、瞬間移動を乗りこなすとはなかなかに非常識な娘さんですなぁ」

半裸の非常識人が何か言っています。

「やれやれ、古代の秘術も馬車扱いとは……」

アーティファクトを農具扱いしているフンドシ男が何か言っています。

このままじゃ脳内ツッコミで気疲れが止まりそうもないので私は話を元に戻そうとします。

「ソウさんが入り浸っているのは知っていましたが、パメラさんまで来ているとは思いませんでした」

期せずして全員集合にちょっぴり運命を感じる私。

パメラさんはメガネをクイーしながら頷きます。

「私もおとぎ話の村にこう頻繁に行き来するとは夢にも思っていなかったわ……」

「まぁおとぎ話とは言ってもちょっと非常識な普通の村だけどね、都会に比べたら娯楽的刺激はほぼないつまらないところさ」

娯楽的というところがキモですね、娯楽的ではなく凶悪モンスター的な刺激は豊富でしょうし。

一方、パメラさんはメガネをクイーしながら野望を語り始めます。

「こうも伝説の村と行き来できるようになったのはある意味運命かも知れない……ここはひとつ、実家の服飾店の事業拡大としてコンロンに支店を出すのも一興かも」メガネクイクイ
「はぁ……」

とんでもないことを口にし出しているパメラさんに私は生返事を返すしかありません。

——余談ですが、ロイドさんの素晴らしさを世に広めるプロジェクトメンバーはコンロン

の村人ショウマさん、ルーン文字人間の元英雄ソウさん、そして一応魔王の私……自分で言うのもなんですが、そうそうたる面々。

「然り……」メガネクイー

その中に平然と混じる一般人……一際異質なのがこのパメラさんなのです。私の知る限りではロイドさんやセレンさんに匹敵する大人物と言えるでしょう。ちなみに次点で後ろにいる半裸の二人です、羞恥心がないという意味で。

「どこからか農家に対していわれのない誹謗中傷を感じるが……」

「ヌハハ、大方我々の肉体美にどこかの誰かが嫉妬しているのでしょうなメルトファンの兄貴」

嫉妬なんてしてねぇよ。

私が胸中で毒を吐いているさなか、ショウマさんとソウさん、パメラさんはそっちのけで盛り上がっています。

「いいね熱いね！　コンロンの村にファッションを！　そしてコンロン発の新たなモードを世に広める！」

「娯楽の少ないこの村も活気づくし、おとぎ話の村が最先端ファッションのスタンダードを作る……モデルはもちろんロイド君だな」

「土蜘蛛のシルクの生産を一手に担い安定供給できるようになればロイド少年だけでなくコンロンの村も世に受け入れられる……そのうえで服飾業界を掌握できたら私の趣味であるコスプ

レがスタンダードな趣味として世に定着できるはず」メガネクイーッ！

なんか世界を牛耳る勢いで自分の趣味を世に認めさせようとするパメラさん……向こうの世界じゃ普通の趣味なんですけどね。

彼女が世界征服に興味ないことに胸を撫で下ろしつつ、私は目的の物を持って行こうと戸棚に向かいます。

「ちょっとコレ借りていきますね」

私が手にしたのは大仰なレンズの光るモノクロカメラ。

「ええそれかい？」とショウマさんが首を傾げます。

「アサコちゃんなら水晶で映像をとれるのにわざわざモノクロキャメラかい？」

ソウさんも微笑みながらアゴに手を当てます。

「ふむ、映像ではなく写真……何か考えがあるようだね」

「ええ、今日はロイドさんの晴れ舞台じゃないですか。こういうのは映像より写真で撮ってすぐに新聞社に売り込む方が効果的かと」

晴れ舞台と聞いてパメラさんが思い出したようにメガネをクイーします。

「あぁ、広報部も慌てていたわ……なんせ今年からロイド少年が表舞台に立つのだもの」

「えっと、その広報部所属のパメラさんはノンビリしていていいのですか？」

「自主的な昼休憩よ」メガネクイー

「それはサボリというのでは」

「ロイド少年の素晴らしさを世に広めることも広報の一環だもの、パメラ」　メガネクイー

詩人風に言い訳するパメラさん……最果ての村で仕事をサボれる一般人、この人がロイドさんやセレンさん、果てはイブさんを差し置いて傑物な気がしてなりませんね。

そこで、ショウマさんソウさんが「それならば」と同時に席を立ちました。

「スチルとキャメラ、同時撮影ならばスキのない熱い展開だね、ソウの旦那」

「ふむ、映像というのも素晴らしいが写真には部屋に飾る趣があるのも事実」

どこからともなくキャメラを取り出し構えるソウさん、ショウマさんもノリノリです。

「その通りだね！　いやいやアサコちゃん、目から熱いウロコがポロポロ落ちたよ」

「ということはお二人も見学にいらっしゃるんですか？」

「ふむ、当然だ……君に任せようと思っていたが、話をしていたら辛抱たまらなくなってきた」

「あまり密着しすぎてロイドからお説教食らったばかりだけどしょうがないよね、熱いし」

あ、怒られたんだ……と私は唖然としてしまいます。ショウマさん、どちらかというとアルカさん寄りの行動するんですよね。

続いてパメラさんがメガネをクイーして支度を始めます。

「訴えられたら広報部の名前を出してくれても問題ありません。うちの部長、不祥事を揉み消す能力だけは長けていますので」

なんかサラッととんでもないことを言っていますねパメラさん。

メルトファンさんもフンドシを締め直して支度？　を始めています。

「いや懐かしい、アザミ軍の今後を占う意味でも重要だからな……それをロイド君がか……」

そこで一人何のことかわかっていないネキサムさんが恥を忍んで私に尋ねてきます……っと、恥を忍んではいないですね、もっと恥ずかしがる部分が体の随所に溢れ出ていますから。

「ヌハハ、ところで今日、何かあるのかな？　ボディビル大会かな？」

「ボディビルでアザミ軍の未来を占うんですか」

「ヌッハァ！　キャメラに収める肉体美も良いがスチールに映える筋肉も素晴らしいからてっきりな」

何があるかも知らずノリで付いてきたこの人に脱帽です。

私の周囲大人物多すぎ問題はさておいてネキサムさんに今日の一大イベントについて教えました。

「あの、今日アザミ軍士官学校の入学試験があるんです」

「ほう」

そう、つまり――

「ロイドさんの教官デビューの日なんですよ」

アザミ王国王城前広場。

ちょっぴりイケメンに作られたアザミ王の銅像前――アバドンに取り憑かれていた昔は「王様の見栄の塊」なんて呼ばれていましたが最近王様はスリムになったのでそう言われることはめっきりなくなりました。国民のためしっかり頑張っているのが板について今では良き王として慕われています。

その広場では大勢の人で溢れかえっていました。お祭りか何かがあるのかと思うくらいの人だかり……しかし漂う独特のピリついた剣呑さがそれを否定します。

集まっているのは腕に覚えのありそうな少年少女たちでごった返しておりました。

今日はアザミ軍士官学校入学試験。

そう、彼らはアザミ軍の未来を担う受験生たちです。

「去年より多いですね」

私は驚きを隠せません。去年はまだ人が通るスペースはあったのですが今年はそんなスペースすらありません。

パメラさんは「さもありなん」とメガネをクイーして私の呟きに反応します。

「元々倍率高かったけど我が広報部の力が一役買っていると言っても過言ではないわ。まぁでも一番は……」

「ヌハ？　一番は何ですかな？」

ネキサムさんの問いにパメラさんは興奮気味にメガネをクイクイしています。

「なんせ今年からあのロイド・ベラドンナが新任教官としてデビューする……彼の薫陶を受けたいためロクジョウやジオウ、さらには自治領から志願者が募りに募っているのよ」メガネクイクイ

「ヌハハ、確かに我が自治領で見かけたような連中もいるな」

「さすがロイド君、やはり未来の農業を支えるのは君かもしれん」

アザミ軍の未来と同列に語っていいんですか、元教官のメルトファンさん。

この様子を逃すものかと敏腕ディレクターのショウマさんが早速キャメラを回し余すところなく撮影し始めました。

「いやぁ熱いね！　ここにいる人みーんなロイドのファンみたいなものだろ⁉」

「あら？　プロデューサー……ソウさんはどちらに？」

いつの間にか消えた初老の怪人がいずこへ……私は辺りを見回しますがそれっぽい人は見当たりません。

ショウマさんはファインダーを覗きながら彼の行方について教えてくれました。

「ソウの旦那なら野暮用だって瞬間移動でどこかへ行ったよ。すぐ戻るってさ」

「野暮用？　あの人の野暮用ってピンときませんね」

何を考えているのか読めないソウさん。でも基本ロイドさんのために全力なのできっと面白

いことなのでしょう。

「では私も」

「あらパメラさんも野暮用ですか？」

去ろうとするパメラさんはメガネをクイーします。

「いえ、サボ……っと、お昼休憩を利用してコンロンにいたので、そろそろ広報部に戻ろうかと」

「あぁ、そうでしたね」

「この盛況ぶりを見て広報部長が調子に乗って変なことをしないか心配なので……では」

「あはは」

あの自己中調子ノリおじさんを思いだし乾いた笑いが出てしまいました。

私たちに一礼して去っていくパメラさん。

「ヌハハ、これだけ人がいると一肌脱いでアピールしたくなりますなぁ」

「農業を喧伝するには絶好かもしれんが……今日は試験、我慢せねば」

一番どっか行ってほしい二人はどこかにいく気配がありません。人生ままならないものですね。

「人生成るようにしかならない、だから熱いんだよねぇアサコちゃん」

「私の心の中を覗かないでくださいショウマさん……あら？」

パメラさんと入れ違いで私たちのところに見知った方が声をかけてきました。

「よぉ、アサコちゃん」

「……おいっす」

「リホさんにフィロさん」

士官学校を卒業し正式にアザミの軍人となったリホさんとフィロさんです。

リホさんは諜報部に所属し毎日ロールさんにこき使われているみたいで……私とはちょくちょくお昼ご飯を一緒にして愚痴を言い合う仲です。お仕事は充実してはいるみたいですが「いい副業教えてくれ」が今の彼女の口癖です。

フィロさんは近衛兵見習い。お姉ちゃんのメナさんの後釜として、何よりロクジョウ王国のやんごとなき方なので良い部署に就けたみたいですね。お給料もそれなりにもらえているらしく、これ関係もリホさんのグチを加速させる理由の一つです。忖度ってどの世界にもあるんですね。

「おぉリホ・フラビンにフィロ・キノンではないか」とフンドシ男。

「ヌハハ、我がハムストリングに引き寄せられたのかな?」とパンイチマッチョマン。

「熱いね〜！　いいよいいよ！」キャメラ回しっぱなしの怪しい運び屋風青年。

そうそうたる面々にリホさんの顔に疲れの色が浮かび上がります。

「とりあえず志願者の子たちに余計なプレッシャーだけは与えないでくれよ……あんたらのせ

いで落ちたら可哀想すぎるからよぉ」

「……特に二人は服着ろ」

半眼を向けるフィロさん。

そんな彼女にネキサムさんが異を唱えます。

「何を言うフィロ・キノンよ！　いつも半裸の我が輩が服を着たら逆に怪しいではないか！」

なんて言う逆転の発想……ていうか、ただの開き直りですよね。

リホさんはミスリルの義手で頭をポリポリ掻いています。

「アタシが注意するのもアレだけどよ、今やアザミ軍の士官候補生ってのは一種のステータスなんでな、変な奴が何か企んでいないか調べるのに諜報部は大忙しなんだ……頼むぜ」

遠回しにトラブルを起こさないでくれと釘を刺すリホさんをフィロさんがねぎらいます。

「……おつかれ」

「ったく、これでフィロより給料少ないんだぜ。何か美味しい副業知らねーかアサコちゃん」

間髪入れずメルトファンさんが前に出てきます。

「農業なんてどう――」

「メルトファンの旦那、農業以外で」

付き合い長いからでしょう、全部言い切る前にキャンセルしましたね。

ショウマさんはキャメラを止めるとニッコリ笑ってリホさんに提案します。

「だったら君のお姉さんみたいに小説書いて一山当てたらいいじゃないか、熱いだろ？」

リホさんは露骨に嫌な顔をします。

「熱かねぇよショウマさん。だいたい書き始めるのを想像して見ろ、ロールのことだからずーっと上から目線で偉そうにアドバイスしてくるんだぜ。考えただけでも虫酸(むしず)が走るぜ」

「……ロールの作家論は……お金もらっても受けたくない」

義理の姉だったり元上司のはずなのにこの散々な言われよう、さすがロールさんですね。

ロールさんにシゴかれるのを想像したせいかリホさんの顔からどっと疲れがにじみ出ます。

それを察したフィロさんは話題を変えようとしてくれます。さりげないお気遣(きづか)いもできるようになったのは近衛兵として頑張っているからでしょうか？

「……ところでアサコちゃん、お姉ちゃんは元気だった？」

「メナさんですか？　元気でしたよ。ただ気ままな傭兵時代やコリンさんとダラダラしていた頃が懐かしいってボヤいていましたね」

私の答えにフィロさんは額に手を当てながら驚嘆の声を上げます。

「……っ！　……今の近衛兵見習いでも激務なのに……気ままだなんて」

一人暮らしを始めてようやく母親の大変さがわかった息子のような心境なのでしょう。

畏敬の念に打ちひしがれるフィロさん、その傍らでリホさんとメルトファンさんが何やら小声でヒソヒソ話し合っています。

「えっと、これ言っちゃダメかも知れないけど結構メナさんってサボっていましたよね」ヒソヒソ

「うむ、知らぬが仏だな」ヒソヒソ

この二人はサンタさんを信じる子供に配慮するような心境なんでしょうね。

その様子をキャメラを回しながらショウマさんがニコニコ笑っています。

「良い表情だね、初めてあった頃より感情豊かに熱くなったんじゃない？」

「……まぁ色々あったから」

「熱いくらいタフだね〜、俺の代わりに村長代理としてコンロン村の仕事をしないかい？」

「……ノーセンキュ」

さりげに村長代理の仕事を押しつけようとするショウマさん、そんなにハードなんですかね？

「リホちゃんは興味ある？」

「さすがに副業でこなせる自信はアタシにゃないぜ」

割に合わない仕事はきっちり断るリホさん。流石（さすが）です。

このままではショウマさんの村長押しつけが続きそうだと判断したのか、リホさんが話題を逸（そ）らします。

「で、この二人やメナさんに会ってきたってことは今日も色々飛び回ったのか？　他の人はど

うだった?」

「はい、プロフェン王国ではユーグさんが音を上げていました。あとホテルレイヨウカクではロビンさん……セレンさんのお父様が困り顔でした」

「……だいたい察しがつく、セレンでしょ」

フィロさん鋭い、さすがです。

リホさんが手を頭の後ろに組んで笑っています。

「心中察するに余りあるぜ。なんたってブラックリストに載るような奴が警邏の職務に就いたんだもんなぁ……逮捕される側の人間が逮捕する側に就職ってなんてインチキだよ」

ショウマさんが「案外良いことさ」とフォローにならないフォローを始めます。

「いや、犯罪者の手口や心理を知り尽くした人間が味方に付くってのは十分熱いぜ、手に取るように心理がわかるからさ」

犯罪者って言い切りましたね……まぁあの人は捕まっていないだけなので訴えられても勝てる自信があります。

「うむ、野菜の気持ちがわかる農家の野菜料理が旨いのと一緒だな」

「ヌハハ、常日頃筋肉の気持ちを考え筋肉に語りかけている我が輩も同じかな?」

わいせつ物陳列罪で訴えられたら終わる二人が何か言っていますが無視しましょう。

「――あら?」

さて、噂をすれば陰と言いますが本当ですね。

我々の前に当人……アザミの猛きストーカー、セレン・ヘムアエンが出現しました。

彼女はもう仕上がっているのかテンション高くまくし立ててきます。

「んまぁみなさんおそろいですの？　私を仲間外れにしないでくださいまし！　悪巧みなら警邏の特権振りかざして逮捕して差し上げますわ」

ベルトをグネグネ動かし捕縛体制に入るセレンさん、呪いのベルト姫としてボッチだった時のトラウマでもあるのか仲間外れにされてポコポコ怒っています。

「さぁさ何のお話をしていたか白状してくださいまし！　もしかしてリホさんがついに非合法な副業に手を染めてしまったとか⁉　仲間を逮捕することになるなんてなんて悲劇！」

一言、面倒ですね、このお方。

今や警邏の軍人……警察官のようなポジションに就職したセレンさん。さぞかし暴走しているのかと思いきや……意外にも仕事ぶりは真面目なのだそうです。

犯罪心理を読み、呪いのベルトを駆使した捕縛術で検挙率はかなり高く、さらには地方貴族出身としてのコネ、冒険者ギルドや闇市にも顔が効くので捜査の仕事もこなせるエリートなのだとか。

「うっふっふ～ん、敏腕刑事セレンからは逃れられませんわよ～」

まぁ、ぶっちゃけ調子に乗っているので、いつか捕まる前振りでしかないともっぱらの噂です。運命の女神様ってちょくちょく上げて落としてきますからね。

そのセレンさんは私の「敵意」に気が付いたのかゆっくり振り向いて肉薄してきます。

「あら、アサコさんごきげんよう」

「ええ、今日もお盛んですねセレンさん」

私とセレンさんの間に火花が散ってもお構いなし、さらにセレンさんは肉薄しています。

「いいですか？　当たり前のことすぎて今まで言いませんでしたがあえて言わせてもらいますわ」

「何でしょうか？」

「あなた、取材と称して少々ロイド様のプライベートに踏み込みすぎではないでしょうか」

おまえが言うな、ここに極まれりですね。

私は憎きストーカーに毅然として立ち向かいます。

「邪な気持ちなどない、まっとうな取材です。ロイドさんの素晴らしさは正しく世に広めるべきだと思っているだけですよ……まぁ、その流れで仲良くなってもそれは当人同士の問題だと思いますが」

「私とロイド様の間に割って入ろうとでも？　付き合いの長さをご存じないと？」

「間が開きすぎている自覚がない時点で敗北は必須かと存じ上げますが」

「ごきげんよう」から「存じ上げます」まで、その間約十秒……白熱の舌戦が繰り広げられました。

見かねたショウマさんが仲裁に入ってきます。

「まぁロイドの付き合いの長さでいったら俺がトップだね」

仲裁違った、自慢だこれ。

「こういうのって長さじゃねえよな」

「……ん」

リホさんもフィロさんも参戦してきましたね。

そんな試験前に血が流れるのを良しとしないと思ったのかメルトファンさんとネキサムさんが慌てて止めに入ります。変態二人がまともになるくらい私たち殺気を放っていたんでしょうかね？

「コラコラ、今日はハレの日だろう」

「ヌハ……こんな日に死人が出るのはよろしくないゾッ」

危険を察したのはどうやらこの二人だけではなかったようです。

この当人不在の修羅場（しゅらば）に颯爽（さっそう）と現れたのは――

「そこで何をしている、場合によっては始末書じゃすまないぞ」

「ど、どうしたんだいアサコちゃんにセレン氏。こんな日くらいは落ち着こうぜ」

私の父、ヴリトラこと石倉仁とサタンさんこと瀬田さんでした。

厳格な態度の父の睨みつけに一同ほんのり背筋を伸ばします。鬼の主任と呼ばれていた父の「蛇睨み」は健在のようですね。

ただ約一名……セレンさんだけは態度を崩しません、というか舐めて父にかかってきます。

「ぬわ～に急に現れて始末書ですのヴリトラさん⁉　それよりご自分の娘の教育が行き届いていませんわよ！　それこそ始末書ものですわ！」

さすがの私もこれには声を大にして反論します。

「教育が行き届いていないって何ですか！」

娘とアーティファクト時代の主……板挟み状態の父は情けないことに右往左往しております。

「あ、いや、教育は……一応私なりに頑張っていたのだが」

消えそうな声の父に代わって私はストーカーセレンさんに真っ向から反論します。

「確かに父は研究に没頭し、放任主義の極北といっても過言ではない……一言で言えばダメ親父でしたがダメ親父なりに私のことを考えていたと思います！」

「うぐっ！」

ダメ親父のフレーズに心の中をえぐられたのか、父はスナイパーに狙撃されたかのように胸を押さえました。

倒れそうになる父に肩を貸すサタンさんは弱々しい顔で「その辺にしてあげてね」と私たちの喧嘩を止めてくれます。

「まぁまぁその辺で……始末書って案外面倒だから書かないにこしたことはないぜ。書き続けると反省の弁を毎回変えるのがとにかく面倒でさ」

さすが朝帰りや居眠りで何枚も始末書を書きまくってラノベ一冊分の文字数になったと豪語するサタンさん、説得力がありますね。

そんな彼に私はある伝言があったことを思い出しました。

「あぁそうだサタンさん、アンズさんがよろしくって仰られていました」

「うん？　あぁそういえばいつか自治領でお茶でもって誘われていたなぁ……あと鍛錬もつけて欲しいとか言っていたっけ」

ちゃっかり自治領に呼び寄せようとしていたんですねアンズさん。意外もアプローチはしていたと。

察した他のみなさんはニヤニヤし始めます。わからないのは当人くらいでしょう。

さらに私はこの恋愛マンガ主人公張りの鈍感サタンさんに自覚してもらおうと畳みかけてみます。

「あとジオウにいたロールさんからも伝言で今度お食事でもって言っていましたよ」

ニヤニヤが加速する周囲の面々。しかし当の本人だけは首をひねるしかありません。

「食事か、いや全然問題ないのだが……作家先生の口に合うものと言われると考えてしまってね」

「……やれやれだ」

本気で呆れるフィロさん。

そこに朗らかな笑い声が響きわたります。

「アッハッハ！　ほらアレだよ！　今までモテなかった人間にモテ期なんて感知できるわけないじゃない」

大笑いしながら登場したのはリンコさん、隣には王様……お供に冒険者ギルドのカツ・コンドウさんと下っ端のガストンさんを引き連れています。

「ほっほっほ。サタン君よ、頑張ればワシらのような『愛』を手に入れられるぞ」

「は、はぁ……」

いきなりのろけだす王様に未だピンときていないサタンさんはモジャモジャ頭に手を突っ込んでポリポリと掻いています。

さて、王様の登場にざわつく志願者たち。それをリンコさんは楽しそうに眺めていました。

「ん～どうしたのかなぁ？　美魔女の登場にザワメキが止まらないのかな？　ねぇカッチン」

「十中八九その通りかと」

相変わらずリンコさんに甘いカツさんですね。

お后に復帰したリンコさんから正式に冒険者ギルドを引き継いだカツさんは日々アザミ周辺のトラブル対処のために額に汗かき奔走しているそうです。

ちなみに盾男のガストンさんは……相変わらず下っ端だそうです。カッさん曰く「責任ある仕事を任せると八割方やらかす」とのこと。

ただ本人は「俺は縁の下の力持ちが似合うからな」なんて楽しそうに職務に励んでいるらしく……率先して汚れ仕事をこなす姿をロイドさんが尊敬しているそうです。

トレードマークの盾をガチガチ鳴らしながら彼は笑っています。

「リンコさんは毎日浴びるように基礎化粧品を使っていますからな！　ほぼ毎日買い出ししている俺が言うから間違いな――アガガ」

「陰でしている努力をひけらかさないのが私の美学なんだよガストン君」

リンコさんの拳がガストンさんのアゴにクリーンヒット、いやぁゴツンと良い音が鳴りましたね。

「そういうのは言わないのがマナーだろうが、この間抜け……」

カツさんの辛らつな一言、こりゃ当分下っ端確定ですね。

はい、リンコさんは先の戦いが終わったあと不老不死を解くルーン文字を自分に施し、今緩やかにお年を召している最中です。

ただまぁ不老不死が解けてから小ジワがすごい気になるようになったようで……美容品に湯水のごとくお金を使うようになったそうです。本人曰く「不老の方を解くんじゃなかった」と常に後悔しているとのこと。

「ほっほっほ、リンコはいくつになっても素敵じゃよ。一緒に歳をとってゆこうな」

「ルーくん……」

結局ラブラブに収まるのが素敵ですねこんちくしょう。ご馳走様です。

そこにのっそりと厳つい壮年男性が現れます。

「ったく王様が公衆の面前でのろけやがって」

「あ、フマルさん」

フマル・ケットシーフェンさん。アザミ王国、海の運び屋たちのまとめ役……行方不明のリンコさんを探すために軍人を辞めたそうですが、今は元鞘に戻り海上警備や海運を取りまとめる職務に復帰したそうです。

「軍服、着ないんですねフマルさん」

フンドシ姿のメルトファンさんに言われたくないと思いますがフマルさんは苦笑いしながら答えてくれます。

「結局一ヶ月の大半は海の上にいるからよ。勤め人だって会社に行かない時は私服だろうよ」

「確かに、畑に行かない時は私もフンドシ姿にはなりませんからね」

「お前はそっちが正装になっちまったのかよ……うおっと」

呆れるフマルさんの肩を王様が抱き寄せます。

「ホッホッホ、せっかく軍に復帰したというのに意地っ張りじゃのう、良い人紹介してやろうか？　そうすりゃもっと角が取れて丸くなるぞい」

「やめろっての、もう俺は海が恋人なんだよ」

二人のやり取りをリンコさんは微笑ましく見守っています。

「良いよねぇ、いい歳こいたおじさんの友情も。君らも青春しろよ」

そしてリンコさんは志願者たちに語り掛けます。

「志願者のみんなもアザミの平和の尽力する傍らちゃんと青春してくれよ。若人が楽しくないとお国に未来はないからね」

フランクながら王妃様からのありがたいお言葉に気が引き締まる志願者たち。研究所の所長だった過去もあるので煽るの上手いんですよね。

「素敵な演説でした」

と、カツさんがねぎらいます。

「薫陶よ、青春をこじらせすぎてだらしない生活を送ると『あの子』みたいになるからね」

「あの子？」

「そう、あの子……噂をすれば来たわね」

リンコさんの視線の先――

「ふへぇ……ふへぇ……」

なんていうか満身創痍のゾンビのように現れたのは……

めちゃくちゃうなだれての登場です。

「あ、マリーさん」

はい、マリアア・アザミことマリーさんでした。いつものオリエンタルな魔女姿ではなく王族が着るような格式高いドレス姿。そのドレスがまるで鎖かたびらのように重いのでしょうか、めちゃくちゃうなだれての登場です。

「死にかけていますね」

「理由は大体わかるぜ」

「……私のおねーちゃんと同じ症状」

はい、なんとマリーさん、この度正式にアザミ王国の王女に復帰したのです。

雑貨屋には今ロイドさんが住んでいて彼女は今お城に住んで王族修行に励んでいるとのこと……まぁ今までロイドさんと一緒に住んでいたことがちゃんちゃらおかしい話でしたので。

しかし今でも料理を作ってもらい洗濯などはしてもらう至れり尽くせりな生活を送れているというのに何を腑抜けた顔をしているのでしょうね。

「ヌハ？　なぜそんなに疲れた顔をしておられるのですかな？」

さすがネキサムさん、聞きにくいことを空気も読めずサラリと聞いてのけます。

マリーさんは首をギギギと動かし乾いた声で答えてくれました。

「お酒よ」

全部聞かなくてもわかってしまうのが悲しいですね。

思っていた以上にどうでもいい理由でぐったりしているマリーさんは手をわなわなさせてまくし立てます。

「お酒が好きな時間に飲めないのよ！　こんな苦痛今まで味わったことないわっ！」

苦痛じゃねぇ、それが普通なんです。

苦笑いする一同の機微など意に介さず、マリーさんのグチは止まるところを知りません。

「何よりつらいのは！　私の正体が王女だと知った近所の人とか全員『お母さんが玉の輿？』とか『急に王女になっちゃうなんて大変ね』とか……誰一人純正の王女だと思っちゃくれていないことよ！」

着ている服は豪奢なのになんて心の貧しい人なんでしょうか……

どうやらマリーさん、一部の人から未だに純粋な王女だと思われず「偶然王族になった」扱いされているのが相当ショックの模様です。一言、さもありなんといいたいですね。

「自分の一般人の方に溶け込む擬態能力の高さがここまでだなんて思ってもいなかったわよ……本当にビックリねっ！」

そうやって自分に言い聞かせ思いこみ心の安寧を得ようとするマリーさん、重傷ですね。

「……単純に徳を積んでいないから」

「あぁ、にじみ出ているもんな、だらしなさが」

「いっそ王女でなかった方が幸せだった説もありますわよね」

三人娘による容赦ない追い打ち……溜まっていたんでしょうね、二年近くロイドさんと暮らしていたマリーさんへの憤りが。

このまま彼女のグチまみれの悲しきスタンダップコメディショーが続きかねない状況、周囲の志願者たちがアザミの未来に不安を与えかねないと誰もが思った頃、教官兼近衛兵長のクロムさんが急いで駆けつけてくれました。

「あの、マリア王女さま、少々声が大きいのでは……」

マリーさんの教育係でもあるクロムさんはご乱心一歩手前のマリーさんに正気に戻ってもらうよう説得を試みました。

そんな彼に対し同期の桜であるメルトファンさんがフンドシをたなびかせねぎらいます。

「久しいなクロム、大変そうではないか」

「そう思うなら服を着てくれ。今日はロイド君たちのハレ舞台だぞ」

「ぬぅ？　だからこそ正装でいるのだが？　祝うために大根もちゃんと持ってきたぞ」

「ちんどん屋かお前は。大根が何の役に立つんだ……」

言いたいことをズバズバ言ってくれるクロムさん、それにまったく動じないメルトファンさん……良いコンビ（笑）ですね。

クロムさんは額に手を当て四角い体を萎縮させます。

「とにかくマリア王女、手間をかけさせないでください。ただでさえ忙しいのに」

「ホッホッホ、いつもご苦労じゃのクロム。マリアのことは遠慮せず王族として鍛え直してくれ。イーストサイドに染まりすぎてしまったからの」

「しかし、イーストサイドに染まったというより、元々の資質ですよこれは」

生まれながらのだらしなさ、それがマリーさんです。

「だらしないのはマリーちゃんが私の娘である証左なのよね」

散々な言われようですねマリーさん、でもまぁロイドさんと暮らしていたという大罪があるのでまだ言っても問題ないかと。

フマルさんやカツさんもその様子を見て笑っています。

「平和になった証拠って奴かもな、なぁカツ」

「えぇ、こんな日が来るとは思っていませんでしたので嬉しい限りです」

クロムさんは王女が嘆いているこの状況じゃ志願者たちがやりにくいだろうと王様たちをVIP席に戻るよう促します。

「とにかく観覧席を設けてありますので王様も王妃もお戻りください、マリア王女も背筋伸ばして……そしてお前らは話していないで警備に戻れ」

「いい仕事ぶりだなクロムよ、同期として誇りに思うぞ」

「そう思うならお連れの半裸と隅っこで目立たないようにしてくれないか？」

「ヌハハ、四角い同志よ！　我が輩が隅っこに収まる筋肉をしていると思いますかな？」

「善処してください、あと同志は勘弁してください」

まだ試験が始まっていないというのにお疲れのクロムさん。私が軍人なら敬礼しているところです。

王様たちを観覧席に送った彼は額の汗を拭って一息つきます。

「まったく……やれやれだ」

「お疲れだね～クロムさん、熱いよっ！」

カメラを回すショウマさんにクロムさんはジト目を向けます。

「ショウマ君も試験の邪魔にならないようくれぐれもお願いしますよ」

「職務に燃える熱い魂に応えられるよう善処するよ」

ちょっぴり因縁のある両者が言葉を交わしたちょうどその時、何やら広場がざわめき出しました。

「あん？　なんだぁ？」

「……あれ」

フィロさんの指さす先、そこには体の大きな志願者が肩で風を切って歩いては他の志願者に因縁を付けています。あら、自分より小さな体軀の少年は威嚇され萎縮しちゃいましたね。

クロムさんは困り顔で首元を掻きます。

「あぁやって他の志願者を萎縮させようとする奴は毎年現れるな……腕に覚えのある連中が

集っているから無理もないか」

　その光景を見てリホさんが懐かしそうに目を細めました。

「あぁ思い出すぜ……アタシらん時はアランだったっけ？」

　セレンさんが肩をすくめます。

「アランさんは志願者を萎縮させるためじゃなく単純に私に因縁付けてきただけですわ……まぁロイド様と再会した喜びでそんな些末なことは忘れていましたわ」

　脳味噌の使い方が器用すぎませんかセレンさん、一度父に見てもらったら新発見があるかもしれませんね。

「あぁロイド様……あの時の喜びを思い出すだけで今でもご飯四、五杯はいけますわっ！」

　何かヤバいもの発見して人類が変な方向に進化するかもしれないのでやめた方がいいですね。彼女の脳はブラックボックスにしておくのがこの世の正義です。

　そんなやり取りをしている最中も広場がヒートアップし始め……あぁ、志願者同士のいざこざに発展しそうな勢いですね。

「あ～熱いのは良いけどちょっと良くないね。試験前で結構かかっている人多いよ」

　ショウマさんが人事のようにクロムさんの方を向きます。遠回しに止めたらと言っているようですね。

「俺が止めようかクロムよ、このままヒートアップが収まらんと試験に支障が出るぞ」

元アザミ軍の教官として長年試験官を務めていたメルトファンさん、危険な空気を察し手伝うと進言しました。

「……お灸を据えるのも仕事」

「ったく金になる仕事が欲しいぜ」

「緊急逮捕案件勃発ですわ」

仕事モードに切り替わる軍人のみなさん。

そんな彼女らをクロムさんが制しました。

「まぁそう慌てるな」

「なんだクロム？　慌てるのがお前の仕事なのに何を落ち着いているのだ」

「酷い言いようだな……俺は毎回振り回され慌てるのだけの男じゃないぞ」

角張った肩をすくめるクロムさんは広場の奥を指さしました。

「彼がきた、もう大丈夫だろう」

クロムさんの指さす先。

そこにはきちっとシワを伸ばし糊付けされた軍服に身を包んだ柔和な少年が歩いていました。

少し背が伸びたのでしょう、もう少年と呼ぶのもちょっぴり違和感がある……いえ、人の上に立つ風格すら漂っている感じがしますね。

ロイドさん……いえロイド教官の登場です。

広場が別のベクトルにざわめき立ちます……いえ、色めき立つといった方が正しいでしょうか。

「ろ、ロイドさんだ」「あのロイド・ベラドンナさんか⁉」「マジかよ⁉」

先ほどまでの剣呑な空気はどこへやら、いざこざを起こそうとしていた不埒な志願者たちもすぐさま振り上げた拳を納めます。

一瞬でこの場の空気を変える……これが今のロイドさん、自信があるないではなくやるべき目標を見定め前に向かって進む本当の強さを身につけた人です。

まぁそのことを面と向かって言っても謙遜しちゃうんですけど——

「——そこもたまらないんですよね……っと」

ついついうっとりして口に出してしまいました。反省。

「あ、ごめんなさい、そこ通ります……頑張ってくださいね」

腰低くねぎらいの言葉をかけながら広場を横切りロイドさんはクロムさんのところへ報告に来ます。

「クロム教官、試験の準備整いました」

「ご苦労さんロイド君」

「はい……あれ？　みなさんおそろいですか？」

ほんわか首を傾げるロイドさん、風格を纏(まと)っても可愛さは今も健在、ギャップがたまらない存在になりつつありますね。向かうところ敵無しかと。

リホさんがニヤリと笑いながら「サボってるわけじゃないぜ」と答えます。

「アタシらは不正がねーように見回りだよ、そしてこの人たちは――」

「……師匠のハレ舞台を見に来たんだって」

「はしゃいで恥ずかしい……ロイド様は毎日がハレ舞台だというのに、まったくもうですわ」

何の自信があって上から目線なのかわかりませんが毎日幸せそうですね。このお方（セレンさん）は。

「ヌハハ！　ハレ☆舞台に我がモストマスキュラーポーズで応援させてもらうぞロイド少年っ！」

「応援用の大根はすでに準備してあるぞ！　いつでも舞える！」

踊り用の大根だったんですねそれ……そして傍らで筋肉ビームをまき散らすネキサムさん。

「メルトファンの旦那もネキサムさんも熱いのは悪くないけど見栄えが悪いぜ」

さすがのショウマさんでも苦言を呈する無法っぷり……幸せそうですねこの人たちも。

さぁ、気を取り直し前髪を整え、私はロイドさんに声をかけます。

「お、お久しぶりですロイドさん」

「アサコさんお久しぶりです。あの、今日もアレですか？」

「はい！　きっちりしっかり余すところなく取材させていただきます！　なんたってロイドさんの教官デビューですもの！　見逃せるはずありませんとも！」

思わず肉薄しまくし立てる私の両脇をリホさんフィロさんが抱えて引き剝がしにかかります。

「はい近い近い」

「……距離とれ距離」

えぇい離せ！　握手会のスタッフでももう少し喋らせてくれますよ！

「あはは……」

困った顔でポリポリ頰を搔くロイドさん、その姿も愛くるしいですね。

その様子を見て辛抱たまらなくなったのか、マリーさんが観覧席からがに股で飛び出してきます。

「とおう！　頑張ってねロイド君！　私も負けない！」

ドレスの裾を摘んで近寄ってくるマリーさん、もう裾を摘むというよりケツをまくっているようなものです。

「あ、マリーさん」

「頑張ってロイド君！　ついに夢の教官デビューよ！　そしてゆくゆくはアザミの王様に……」

「願望垂れ流しはみっともないですわよマリーさん」

セレンさんの的確な言葉、お前が言うなと言いたいですが皆が思ったことを言ってくれたので見逃して上げましょう。

「夢……ですね」

ロイドさんは少し間を取ったあと、深くゆっくり頷きました。

そして広場を見回し語り始めます。

「右も左もわからなかった僕がここまでこれたのはマリーさん含めみなさんのおかげです」

「ロイド様……」

ちゃんと他の人のフォローも欠かさないロイドさん、素敵すぎません？

「弱くて自信のなかった僕ですが色々な経験を積んでここまでこれました……試験の日、あの辺に座ってドキドキしていたのは今でも覚えています」

「へへ、懐かしいなオイ、アタシがロイドに話しかけられてセレン嬢はアランに絡まれていたんだっけ？」

「はい、アランさんは今遠い国に行ってしまわれましたが」

死んだ風にいうのはやめて差し上げましょう、レンゲさんの里帰り出産に付き合っているだけですから。

「ホント、色々あったわね。私もその後お母様と再会できるなんて思わなかったわ」とマリーさん。

「……私もおかーさんと再会できたのは師匠のおかげ……ついでにアホダンディがお父さんだった」

懐かしむフィロさん、ついではサーデンさんが可哀想ですが、これも親子愛の一つなのでしょう。

「私もベルトの呪いが解けてお父様とのわだかまりは解けましたわ！」

こちらはセレンさん、今ロビンさんが別の方向で悶々としているのを知らないんでしょうね。

「ロールとは……まぁボチボチだな」

口ではハッキリ言いませんがリホさんもまんざらでもないといった雰囲気です。

「私が農業に目覚めたのはロイド君のお陰と言っても過言ではない！　アグリカルチャー☆喜びの舞っ！」

「ヌハハ！　ダブルバイセップス&ハムストリング！」

「お二人さん、今熱いシーンなのに変なことしないでくれ……編集でカットするの大変なんだぜ」

空気の読めないお三方は相変わらずです。

そんな中、ロイドさんは屈託のない笑みを浮かべています。

「だから僕もマリーさんを応援します！」

「ろ、ロイド君……」

ウルッとくるマリーさん、しかし――

「マリーさんも『いきなり一般人から王女様になったかもしれませんが』頑張ってくださいね！」

「ほんぎゃあ！」

ロイドさんの悪意のない純粋な一言がマリーさんのハートにクリティカルヒットしました。まだ純粋な王女と信じてもらえていないことに大変ショックを受けている模様です。

「そ、そんな……欠片も王女だと信じてもらえず今に至るなんて……」

がっくりうなだれるマリーさんにリホさんとセレンさんが席に戻るよう促します。

「はいはい、邪魔だから観覧席に戻ってくれ」

「リンコさん爆笑していますわよ」

マリーさんはここにきて幼児退行レベルのだだをこねます。

「嫌じゃい！　みんなと一緒にいたい！　やっぱ王女やめる！」

「急にどうしたんだオイ、鬱憤今吐き出すのかよ」

「あと好きな時に飲めない酒に何の意味があろうか！」

「……意味がないなら飲まなきゃいいい」

「そういう問題じゃないの！」

どういう問題なのでしょうか。

みんなとつるめなくなったのが寂しいのか駄々をこねるマリーさん。

王女様のご乱心をこのまま放置したら志願者たちに悪影響が出ると強引に引きずられ観覧席に戻されたのでした。

そしてようやく始まる試験――

「えっと、みなさんよろしくお願いします！」

「「「よろしくお願いしますッッッ！」」」

志願者たちの前に立ち、少々緊張の面もちで説明を始めるロイドさん。

伝説の少年を前に志願者のみなさんもいい緊張感を漂わせています。

ゴトゴトゴト――

そして運ばれてきたのは鉄板を何枚も張り付けた大仰なダミー人形です。

傍らには様々な武器の用意された木箱がずらり。

一人では決して運べない重量感に圧迫感……倒れて押しつぶされたらひとたまりもないようなダミーを目の前にして、ある者は圧倒されある者は気合いを入れ直したり……様々な反応、性格が出ますよね。

「いやぁ懐かしいなメルトファンの旦那」

「うむ、あの時ロイド君の素性を知らなかった私はとんでもない猛者の登場に慌てていたな」

「んでアタシもロイドの強さに気が付いて旦那に「何者なんです？」って聞いて……」

「私が『知らね』と答えたんだな」

「で、今は答えられますか？」

「知れたこと……アザミの未来を担う男だ」

「へへへ、確かに」

笑い合うリホさんとメルトファンさん、昔話に花を咲かせていますね。

「はいはい、そこまでにしてお仕事始めますわよ。ロイド様の勇姿を目に焼き付けつつハレ舞台を邪魔されないよう見回りましょう」

「……あいあいさー」

意外や意外、仕事に真面目なセレンさん。責任を負うと変わるタイプだったんですね。

「このダミーにそれぞれ得意な武器で打ち込んでください、身のこなしをみる試験です……あぁバラバラにできる人はやっても大丈夫ですよ」

冗談ともつかない声音で説明するロイドさんに志願者たちは苦笑いです。

そして試験が始まり志願者たちは各々好きな武器でダミーに打ち込み始めました。

そんな折りです、先ほど絡まれていた気弱そうな志願者の一人が武器を抱えたまま立ちすくんでいました。

さっきの件で萎縮してしまったのか、それとも自分よりできそうな志願者を目の当(まあ)たりにして気後れしてしまっているのか……なかなか一歩を踏み出せずにいます。

次第にその様子にどよめきが生じ、中にはクスクス笑う者も。

そんな志願者を見かねたのかロイドさんがゆっくり彼に近寄ります。

「大丈夫ですか?」

ロイドさんの問いかけに「大丈夫です」と、うわずった声で答える志願者の少年。あこがれの人なのでしょうか、さらに慌てだし足なんてもう震え上がっています。そんな彼にロイドさんは優しく微笑みかけました。

「そうだね、緊張するよね……僕もそうだったんだ、周りの人がすごく気になっちゃって、プレッシャーで押しつぶされそうになってさ」

落ち着かせるように自分の経験談を語るロイドさん。気が付けばこの場にいる全員が手を止め彼の言葉に耳を傾けていました。

「君も努力してきたと思う、だからこそ一番大事なのはその努力を無駄にしない努力なんだ。あとは支えてくれた人、支えたい人、自分の目標を見失わないことさ」

ロイドさんの言葉、ショウマさんじゃないですが「熱い」と言いたくなりますね。

「その目標に向かって進めることが本当の意味での強さ、見失わないことが自信に繋がるんだ……って、偉そうなことを言っちゃっているけど僕もまだまだなんだけどね」

「まったく、これ以上強くなろうってのかよアイツ」

笑って呆れるリホさん、そこがロイドさんの良さだとみんな思っています。

「僕はね士官学校で学んで学食で働いたりして僕は人との繋がりを培って目標を見失わずにこれたんだ。君にだって繋がりや絆(きずな)がきっとあるはずだよ、それを思い出して」

「熱いね～あぁ熱い！」

うるさいショウマさんですがこれには私も同意です。

そしてロイドさんはおもむろにクロムさんに向かって目で尋ねます。

「いいですか?」という視線。

クロムさんは彼が何をするのか察したのかゆっくりと頷きました。

そしてロイドさんは木箱から小振りのナイフを手に取るとダミーの前へと歩を進めます。

「その目標を胸に抱いて、今までの努力を全部ぶつければ……それ!」

刹那、尋常ではないスピードでダミーに切りかかるロイドさん。

そして次の瞬間には——

パラ……パラ………

粉々になり音もなく崩れるダミー人形、立ちこめる土煙。

あっという間に粉々にしたダミー人形を背にロイドさんは志願者の少年に微笑みかけています。

「いつか必ず、このくらいはできるはずだよ」

静まりかえる広場。

そして徐々にどよめきが大きなうねりへと変わっていき万雷の拍手が巻き起こりました。

「噂は本当だったんだ……」『すげぇよロイド教官!』『鉄を粉々にしたぜ!』

短刀で軽々と小枝を切るようにあの幾重にも鉄板を重ねたダミーを粉にするロイドさんに驚

嘆の声が止みません。

「あぁ、身のこなしを見る試験だから。できる人がいてもここまでやらないでいいからね……ちょっとごめんなさいね」

そして腰低く代わりのダミー人形を一人で軽々と持ち上げ持ってくるロイドさん。

伝説の男が前にいる、伝説は本当だった……自分も鍛えたらこうなれるのかと志願者たちは大いに盛り上がるのでした。

ほどなくして試験は再開。弱気になっていた志願者の少年も果敢にダミーに立ち向かいしっかりと結果を残しました。

その姿を過去の自分と重ねてみているのか満足げに微笑むロイドさん。

試験会場は活気に満ち溢れていました。

「いい傾向ですね、やっぱロイドさん素敵です……」

ロイドさんの素晴らしさを世に広める使命を背負っている私はこの様子にほっこりします。

同志であるショウマさんも嬉しそうにキャメラを回しています。

「あぁ、このままアザミだけに止まらず世界中にロイドのすごさが知れ渡って欲しいね」

そんな会話をしている時でした。

「――ッ!?」

悪意の塊のような何かが急激なスピードで近づいてくるのを私は察知します。

「ショウマさん」

「あぁアサコちゃん……いい感じの時に来るとはさすがあの人だ」

フィロさんも気が付いたのか虚空を見上げました。

「……ヤバいのが来る……まさか新たなる敵…………なわけないか」

おっと、セルフツッコミが入りましたね。まぁ読者の方もこの悪意の塊が何者なのかもうバレバレですよね。

この場にいる他の人たちもこの悪意の正体が薄々……いえ、ガッツリ気が付いているようで苦い顔をしています。

ロイドさんの素晴らしさを世に広める使命――

その最大の障害、足を引っ張る悪の権化。

ロイドさんを独り占めしたいと醜態をさらし暴れまくる不埒な輩の気配でした。

空から来るその正体は――

「ぬわぁぁい！　ロ～イドやぁぁい！　あ～いたかったぞぉぉぉい！」

「んげぇ！　ロリババア！　やっぱ来やがった！」

空から飛来するもの、それは白い悪魔……ロイドさんの貞操を常日頃から狙い続けるアルカさんでした。

「やっぱり来ましたわね不埒の権化」

「セレン嬢、お前が言うな……って状況じゃねーな」

「……師匠のハレ舞台は私が守る」

何て言うか予想を裏切らずに絶対普通に登場しないのが逆に尊敬できますねアルカさん。

「いやぁ、熱いね、極悪非道の白い悪魔……悪いけどロイドの教官デビューの邪魔はさせないし俺に村の仕事を押しつけた恨みも一緒に晴らさせてもらうよ」

ショウマさん、私怨モリモリですね。しかしロイドさんの姿をキャメラに収めながらあのアルカさんと立ち向かうのは至難の業。私も魔王の力を使いこなせていないので結構ピンチです。

「さぁて！　教官なりたて搾りたてロイドをゲッチュするぞい！」

「いきなり降ってきて変態なことを言わないでください！　何の権利があるんですか！」

ツッコむマリーさんにアルカさんは真顔で返します。

「ロイドは魔王になったワシの願望が具現化した存在じゃ！　だからワシが愛でる権利があるんじゃ！」

急に裏設定を告白するアルカさん。

しかし唐突かつ荒唐無稽な話に誰一人信じちゃいません。まぁ仮にそうだったとしても愛する権利は誰にでもあるはず、あとは真剣勝負で勝つだけですもんね。

「ったくロリババアめ……この期に及んでおかしな言い分を振りかざして……」

「アッハッハ、アルカちゃん盛っているねぇ」

毒づくマリーさんに爆笑しているリンコさん……ホント楽しければ何でもオッケーなんですねこの人は。

さて、空気の読めないアルカさんの暴走を止めるにはやや力不足な我々。哀れロイドさんが志願者たちの前で毒牙(どくが)にかかってしまうのかと思われたその時です。

「ロイドの唇を大衆の面前でゲットじゃ～………うぐふっ⁉」

盛っているアルカさんに何者かが体当たりをかましました。

その正体は――

「まったくこのバカタレが」

「なぁ⁉　お、お主はピリド⁉」

なんと、現れたのはコンロンの村にいるはずのピリドさんでした。

同格の猛者による攻撃で宙に吹き飛ばされるアルカさんはなんとかお城の屋根に着地し、目を丸くして驚いています。

「な、なんでお主が……」

そこに、通りすがりのようにひょっこりとソウさんが現れました。

「私が連れてきたのだよ」

「ぬわ⁉　ソウ⁉」

そこでようやく私は彼の「野暮用」を察したのでした。

「さすがプロデューサー……アルカさんが暴走するのを察知していたんですね」

ソウさんは「いやいや」と謙遜するそぶりを見せます。

「アレとは付き合いが長いからね、このぐらいは読めるさ」

「アレとは何じゃ！　……ほわ！」

ピリドさんの追撃にまた体を宙に泳がせるアルカさん。ピリドさんは頼もしい笑顔でロイドさんにエールを送ります。

「ロイドぉ！　このアホはワシが止めておく！　お前は初仕事をけっぱれ！」

「あはは、爺ちゃん……」

アレがロイドさんのお爺さんかと志願者全員驚き戸惑っています。そりゃそうですよね、いきなり空で激しい攻防を繰り広げたのですから。

「くぉの……ピリドめぇ……ってぬおぉ⁉」

今度はピリドさんではなく木の根が彼女の体を縛り付け動きを止めます。

「ごめんなさいねアルカさん」

止めたのはなんとミコナさんでした。

「う、裏切ったのかミコナちゃん⁉」

トレントの木の根でアルカさんを縛りながらミコナさんは「裏切ったなんて」と否定します。

「裏切ってはいません、ここでアルカさんを取り押さえればマリーさんの好感度を大量ゲットできるチャンス……グフ」

策士というかブレないというか……ここまでくると天晴ですねミコナさん。

「うぬぬ、確かに立場が逆ならワシも遠慮なくやっておったわい」

何つーところで共感しているんでしょうかねこの人は。

ミコナさんはアルカさんをキツく縛りながらロイドさんに向かって声を上げます。

「さぁロイド・ベラドンナ！　教官としてきっちり仕事なさい！」

「ミコナ先輩……はい、頑張ります！」

「………………」

無言で親指を立てるミコナさん。教官初日にトラブルは可哀想だと彼女なりに後輩を想っているのでしょうね。

さて、そのやり取りの最中にも色々な面々が現れます。

「きちゃったよフィロちゃん」

「サーデン！　イン！　アザミ王国士官学校入試試験ッ！」

「……おかーさんに、おとーさん」

まさかのサーデン夫婦、そして――

「いや～アザミは色々ハチャメチャな事が起きて楽しいね」

普段着になったメナさんも登場、普段無表情のフィロさんが驚きを隠せませんでした。

「……おねーちゃんも⁉」

「なっはっは、いやいやフィロちゃんよく見てよ。私らだけじゃないんだよん……ねぇコリンちゃん」

なんとメナさんの隣にはコリンさんもいます。メルトファンさんが大根を手にしながら驚いていました。

「ん？　なぜコリンもいるのだ？」

「なんや、愛しのコリンちゃんやぞ、歓迎せい！　大根持ってへんでハグで出迎えんか！」

その様子を見てソウさんが笑っています。

「ロイド少年のハレ舞台だ、皆で見守った方が楽しいに決まっている。だから連れてきたのさ」

ショウマさんがその考えに共鳴します。

「相変わらず熱いねソウの旦那は」

ソウさんは目を閉じくつくつと笑っていました。

「なぁに、それを教えてくれたのがここにいるアルカやピリドだ……だろ？」

コールドスリープの影響で記憶を失っているピリドさんは首を傾げました。

「ん？　そんな記憶が微(かす)かにあるような……お主は知っとるかアルカよ」

アルカさんはやれやれと口元を緩め呆れていました。

「まだ思い出せんのか……まぁそんなことも言ったかの。まったく寂しがり屋のルーン文字人間(ワシの息子)

じゃ……」

彼らのやり取りを聞いている間にもぞくぞくと見知った面々が集いロイドさんのハレ舞台を拝みに現れました。

「うおぉぉぉ！　孫じゃ！　やっと孫を抱けたわ！　ロイド君の教官デビューも嬉しいが初孫を抱けるのも嬉しい！」

「お、親父殿、試験の邪魔は……ロイド殿！　教官デビューおめでとうございます！」

「ロイド少年！　エレガントに教官任務を務めるべよ！」

孫を抱いて感無量のスレオニンさんとアランさんレンゲさん夫妻。

「孫は私も欲しいのですが、口にしてしまうと娘が一線を越えてしまいそうで……」

「し、心中察するに余りありますロビン様。まぁロイド君なら大丈夫だと思いますが」

深刻な顔のロビンさんになだめるミノキさん。

「サタンさんよぉ、アサコちゃんから聞いたと思うけど返事はどうだい」

「なんやアンズさん、うちの方が先に誘ったんどす」

「アンズ氏にロール氏、二人で行くというのはどうでしょう」

「「ダメ！」」

修羅場っているアンズさんにロールさん、そして完全に恋愛マンガ主人公に化したサタンさん。

「オーマイガ……なんで瀬田のヤローばっか……俺もモテてぇよう」

「ケケケ、スルトぉ……人間の姿にしてあげようか、久々にマッドな研究したいんだよね」

モテるサタンさんにショックを受けるスルトさんとストレスで不穏な空気を醸し出すユーグさん。

「いいねいいね勢ぞろいって楽しいねルー君、残りの人生楽しもう」

「そうじゃなリンコ、死ぬまで一緒じゃよ」

リンコさんと王様もなんだか楽しそうにしています。

「まったくよぉ、ロイドと一緒にいると退屈しないぜ……もちろんお前ともな、セレン嬢」

「私も同感ですわ。でもロイド様の件は譲る気はありませんわよ」

「へへへ、言ってろ」

旧知の仲となったリホさんセレンさんも楽しそうに笑っていました。

大騒ぎのはずなのに……すごくみんな楽しそうで、私も思わず笑ってしまいます。

「もう、今日の主役は志願者の皆さまなのに……」

そんなロイドさんも笑顔です。

マリーさんはいつの間にか魔女の衣装に着替えロイド様のそばにぴったりついています。

「チャンス！　この騒ぎに乗じて雑貨屋に逃げ出しましょう！　ご飯作ってよロイド君！」

「え、いいんですかマリーさん」

「まぁ、私にとってのおふくろの味だから」

そう言われたらロイドさんも悪い気はしないようでほっこり笑ってしまいます。

「じゃあ、お仕事終わったらみんなでご飯食べましょう！　僕腕を振るいますよ！」

「……よっしゃ」

「賛成ですわ！」

「ロイドの飯、久しぶりだぜ！」

………今まで色々とたとえて来ましたけれども今回ばかりはたとえられそうもありません。

それぞれの物語はこれからも続きますが、ずっとこんなワチャワチャした日常が続いて欲しい……そう、これはたとえようのないくらいのハッピーエンドなのですから。

HAPPY
END

あとがき

最終巻を書きあげた時、思った以上に寂しくなかったことに私は驚いていました。

私はどちらかというとゲームのエンディングや小説、マンガなどの最終巻を読んだあと感動と一抹の寂しさで何もできなくなるタイプでして……自分の作品ならさぞかしダウンするかと思いきや意外や意外、ほどよい達成感と相まって心地よかったくらいです。


そう、最近のゲームで言うならばラストダンジョンを終えてもまだやりこみ要素がある、むしろクリア後の方がメインだったりするじゃないですか。自分の作品にもその現象が起きたのではないか……そう察するに至りました。

作品が終わったのではなく「ひと段落ついた」。

その気になれば、出版できずとも無償で、趣味で、自分だけのためにいつでもロイド君たちの活躍を自分の手で復活できる「やりこみ要素」、それに手を付けるタイミングはいつだっていいのだから……と。

だからひと段落した今、言わせてください。デビュー作をここまで書かせていただき本当にありがとうございました。

さて、最終巻ということでボケなしになってしまいましたが、まずは謝辞を。

担当のまいぞー様。デビューから今日まで本当にありがとうございました。拙い作家ですがこれからもよろしくお願いいたします。

イラストレーターの和狸先生。

素敵なイラストを今までありがとうございました。ラストの表紙なんか本当に宝物です。家宝にします！　キャラ一人一人に愛がこもっていたのが伝わり作者冥利に尽きます。本当にありがとうございました。

コミカライズの臥待先生。

この作品が多くの人に読まれるようになったのは先生のお陰です。可愛くコミカルに、時にシリアスにとラスダン世界を表現してくださって感無量でした！　最後までよろしくお願いいたします！

スピンオフの草中先生。

スピンオフの執筆本当にありがとうございました。自分の拙いテキストネームでここまで表現してくださって感謝してもしたりません。本当にありがとうございました！

その他編集部の方々、スクエニさんやアニメ関係者の皆様、本当にありがとうございました。

さて、最終巻ということでロイド君たちの裏話などをちょっと書いていこうかなと思います。最後までお付き合いいただいた読者の方へのプレゼントになればと。

ロイド・ベラドンナ

執筆当時は「良い子」主人公キャラに新規性があると思い、作者の私に無い「良い子」成分を寄せ集めたキャラです。ドラゴン○ールの神様が自分の心にある僅かな悪を追い出したのがピッコ○大魔王ですが、その逆バージョンだと思っていただければ。

名前はベラドンナ総アルカロイドという成分名からいただきました。鼻水のお薬ですね。ベラドンナってキャラじゃないよな～と思いつつ新人賞投稿だからそこまで深く考える必要ないなと「まぁええか」の精神で早五年……今はもうめっちゃベラドンナです。

元々ロイド、アルカ、ソウ、この三人の物語として予定していたのですが……まぁ予定は予定ですしお察しください（笑）

アルカ（秋月ルカ）

悪の権化、デウスエクスマキナな位置づけ。ラスダンにおける東映版スパ○ダーマンのレオパルドン。こいつが出れば全部片付く的なヤツです。

当時の新人賞で編集さんがツイッターにて「ロリババア可愛い」的な呟きがあったのでじゃ

あロリババア入れるか……という流れで誕生しました。

「どうせ最後は不幸になる予定だし好き放題やらせて上げよう」と思っていましたがヌルっと最後まで好き放題やっているブレないお人でした。

マリー（マリア・アザミ）

イメージは浅見光彦シリーズの地元刑事。事件に首を突っ込もうとする光彦を邪険に扱うも警察庁刑事局長の弟と知った瞬間手の平を返す……的な流れがしたく最初は冷たいけど即土下座するキャラになりました。

そこから家事ダメ女子とおかん系男子の組み合わせを魅せるため作者自身のダメな部分を投影し動かすのが非常に楽なキャラの一人です。

セレン・ヘムアエン。

名前の由来は亜鉛など健康的（ハッスル）サプリ成分から。呪（のろ）いのベルト姫状態の方が良かったと多方面から言われる「あのお方」。

元々宇宙ネタを書いていた時「全身記憶合金の布を巻き付け何にでも変装する情報屋」だったのですがそれをＲＰＧネタに方向転換する際「じゃあ呪いの装備キャラにしよう」ということで呪いのベルト姫が爆誕しました。

主人公ラブキャラとして話を引っ掻き回すポジションにしようとしたら回を重ねるごとにエスカレートしていき後半……というか四巻辺りから作者の手を離れ勝手に動いていました。


リホ・フラビン。

由来はビタミンB2。明らかに悪党が主人公を騙すベタな展開、しかしそいつが主人公の能力をすぐに見抜いたら……そのワンシーンのためだけに生み出されたキャラです。

しかし段々とキャラを肉付けしていくうちに実に可愛いキャラになったと自負しています。

お金大好きキャラとしてコメディリリーフも可能。ツッコミ役、比較的頭がキレるなど話がスムーズになるありがたいキャラでした。


アラン・トイン・リドカイン。

名前の由来は粘膜修復成分など。

ザ・雑かませ役。当時かませ役と言ったら斧だろうと考え記号のような位置づけでした。

今でこそ「ロイド殿～」ですが無自覚な最強少年を案じる兄貴分キャラの路線もありました。

しかしその役目はリホに一任され彼は汚れ街道まっしぐら……でも要所要所で決めてくれて最後には幸せになる、凡庸だけどしっかり生きたキャラになってくれたと思います。

メルトファン・デキストロ。

咳止め成分「デキストロメトルファン」が由来。主人公の実力を見抜き味方ポジションかと思いきや実は……というコンセプトで登場時からコメディを多めに仕込んでいました。

が、再登場時にはコメディ多めというよりコメディの権化に昇華し、農業の名のもとにあのようなお姿に。作者のギャグ性癖を投影され非常に動かしやすく、ラスダンスピンオフの際メルトファンの農業物語を提案したらスクエニさんサイドから「ご冗談を」と、やんわり断られた男です。


コリン・ステラーゼ。

メルトファンの会話相手として何もかもノープランで誕生したキャラです。

主に解説役として運用する予定で誰が喋っているかわかりやすいよう西の訛りにした、ただそれだけだったのですが……余白が多いとドンドン書き込めると言いますか、あれよあれよという間に「メルトファンラブ」「ロクジョウ出身ロールとの因縁」などなど和狸先生の可愛いイラストを拝見してからさらに生かそうと思いメナ&コリンコンビとしてレギュラーキャラになりました。和狸先生マジックですね。


クロム・モリブデン。

名前の通りカッチカチな印象の堅物男。
コント「アルバイトの募集にきた少年が普通じゃない件」という下りのために生まれたキャラです。そこから「ロイドのことを見抜ける＝強い」なのでなら元近衛兵長なんてのはどうだろうとなりました。
基本的に振り回されることをベースとした鬼教官というポジションはとても書きやすかったです。描写こそされていませんが報われていて欲しいなぁ。

アザミ王（ルーク・シスル・アザミ）
新人賞ということで続刊の構想がなく本名を考えていませんでした。由来はアザミの洋名ミルクシスルから。アバドンに憑依されたその後のことなど考えておらず性格も後付けでしたがクロムさんの困りが見たい（笑）ということで「やる気だけある面倒な良い人系天下り上司」な感じになりました。

フィロ・キノン
メナと合わせて「ビタミンK姉妹」。元々はチンピラ系の兄弟でフィロは「パワー系頭弱いキャラ」だったのですが、担当さんから「これじゃ売れない」と一喝、紆余曲折を経て昔書いた投稿作のキャラを流用し誕生しました。

ボソリと一言呟くキャラはボケにもツッコミにも重宝して（台詞の前に「……」が付くのでキャラ分けも楽でした）セレン、リホ、フィロと三人娘として運用。地味に有能でお気に入りのキャラです。

メナ・キノン

フィロが天然ボケならメナは「養殖ボケ」を意識したキャラです。人を食ったキャラでとぼけているけど常識人、キャパを越えると地が出るコンセプト……だったのですが後半後付けてんこ盛りで「傭兵」「女優」「お姫様」なんて設定がついて純粋にキャラで推せるのにやっちまったなと反省しております。

ロイド君との甘酸っぱいロマンスをもうちょっと描写しても良かったかなと思う好きなキャラです。

ロール・カルシフェ

ザ・嫌なヤツ要員、名前の由来はカルシウム。カルシウム不足で怒りっぽいイメージで基本何かに不満を持っております。

コリンとの因縁はもちろん後付けでなんか西の訛（関西風）……じゃあ義理の妹のリホは何で標準語なんだ？　そうだ色んな地域から集まった孤児院出身にしよう！　こんな感じでラ

スダンの設定は決まっていきます。
操られ系悪党で最後にちょっぴり改心。その後はノープランだったのですが自尊心・出世欲・執着心とメインの中にいないキャラとして度々登場させることに。
動かしやすく作者の手を煩わせないのはまさにセルフプロデュースの鬼でした。

キキョウさん
実は元々このポジションとして三巻に登場するのがメナでした。しかし二巻の味付けが足りずメナを前倒しで投入、そして生まれたのがキキョウさんです。ちょっぴりトボケて決めるところは決める……うん、メナ亜種ですね。
裏設定としてコリン、ロールと同級生。ロクジョウ魔術学園の卒業生で友達関係。三人で旅行して海に向かってバカヤローとキキョウが叫んでコリンが慰める。アンタはいいよね、メルトファンさんがいるからと妬むキキョウ。嘲るように笑うロールに対し「ロールはまず友達足りないよね」と心をえぐる……そんなネタも考えていましたが描けずゴメンね。

コバ・ラミン
元近衛兵長の高級ホテル経営者。設定だけ見ると一番の成功者ですね。ただただホテルコント要員だったのですがもっと登場させても良かったと思えるキャラです。

スレオニン

実は元々アランの父親ではなくジオウ帝国の大臣。

ロイド君が敵国の大臣に好かれ士官候補生ながら仲介役のポジションになる流れを考えていたのですが「お見合いなのにアランの家族いないの妙じゃね」という担当さんからの的確な意見があり急遽アランの父に。

大臣の性格そのままで意外にアランの父としてしっくりきたので今では英断だったと思います（笑）。

ロビン・ヘムアエン

名前の由来はヘモグロビン。セレンと合わせて鉄っぽい家系にしました。最初は名前もないモブでしたがこちらもアランとバランスをとるためストーリーに食い込んでもらうことに。

両者とも父親にコンプレックスがあるという設定にして今回お父さん回にしよう、ついでにセレン回にもしてしまおうという感じになりました。娘さん大好きだけど年頃だから接しにくいというお父さんあるあるなキャラです。

ちなみにアランのお母さんに関しての構想はありませんが、セレンのお母さんはどこかの国でレジスタンス活動をしている設定です。

呪いのベルトを解くためには強さが必要……そうか、ならば国を救うほどの英雄になろうという思いこみで今では伝説の傭兵に。娘の呪いが解けていることを知りレジスタンス活動のモチベーションが下がり、代わりにロイドたちが国を救うというネタを考えてはいましたが描くことはありませんでした。セレンのハッスルさは母親譲りです。

ミノキさん

原作登場時は名前のないただの秘書でしたがアニメ化に伴い必要ということで育毛成分から命名しました。

余談ですが三巻あたりの登場キャラが驚異の薄毛率なのは私がストレスで円形脱毛症になり、どうにかして育毛剤を経費で落としたいと考え「誰でもいい、いつかこの面々が育毛剤を試すシーンをねじ込めば経費で落とせるのでは？」と浅はかな考えがあったからです。（スピンオフのザナフさんも）

しかしご時世柄コンプラに引っかかるので掘り下げを断念、結果無意味にハゲが増えただけということに。

あと臥待先生のコミカライズで良い人の描写があり「この人活躍させたいな」と思って13巻で奮闘してもらいました。思ってない活躍をしてくれた良い意味で作者の予想を裏切ってくれたキャラです。

ミコナ・ゾル
気が付けば準レギュラー、登場以来ほぼ出ずっぱりなお方です。
ロイドが嫌いという他のキャラにない要素で非常に動かしやすく変態性も相まって活躍の幅は止まるところを知りませんでした。
ちょっと痛い目を見ても可哀想に思えないヘコタレない子は書いていて気持ちよかったです。

ショウマ
ロイド大好きキャラその1。
「敵対するコンロンの村人がいたら面白いですよね」という担当さんの言葉から生まれたキャラ……なのですが敵対する理由が思いつかず、結果ロイドが好きすぎてロイドの望まないことをやっちゃうイケメンキャラに育ちました。思っていたのと違う残念仕様ですがこれはこれで気に入っております。

ソウ
ロイド大好きキャラその2。
古の英雄で消えることのできない苦しみから解放されるためロイドを英雄にしようとした

本作のラスボス……だったお方。結局ロイド大好きお爺ちゃんになってしまいました。「私が何に見える?」と都市伝説の怪人風の登場だったのに着地点がキャメラ片手にアイドルを追っかける人みたいに何でなった?

ソウ、アルカ、ロイドの物語はすぐに破綻。ラスボス候補は宙ぶらりんになったのですが今のポジションが彼に合っている気がします。

アンズ・キョウニン

五巻で一区切りした時「ワンピースの世界情勢的な会議があったら面白そう」ということで数合わせとして誕生した女傑剣士。

オリエンタル姉御肌剣士という己の性癖をぶち込んだのですがメインを張る七巻がリアクション要員不在だったため残念剣士にすぐ模様替え。しかし最後に(行き当たりばったりの思いつきとはいえ)キーパーソンになるとは思いもしませんでした。これだから小説はたまらない。

イブ・プロフェン(エヴァ大統領)

気が付いたらラスボスになっていたお人。数合わせノープラン着ぐるみ謎キャラという設定だったのですが、キャラの「余白」に色々乗せていったら「こいつラスボスじゃね?」となりました。作品後半まで中身の構想もなかったというのに……
　結局動物を使役する設定は嘘になり、そこから平気で嘘を付く享楽的なキャラが自分の中で定着しました。
　老人となり死の一歩手前、人生の後悔や生への執着心、焦燥感が最高潮に高まった時に不老不死を手に入れさらに歪んでしまった人間として描きました。自分に足りないのは友人とわかっていながら人は利用するものと生きてきた過去を否定できず彼女なりの葛藤があったうえで凶行に及んでいた……こう書くと悲しき過去系ラスボスですね。

サーデン王
三味線を弾く人を食ったようなアホを演じる権力者、しかしその実体は……なキャラ。
何ていうかアホムーブをし続けるうち作者の悪ノリが出てきて実質八割はただのアホなキャラになってしまいました。

ユビィ・キノン
暗殺者風おかーさん、そしてサーデンのツッコミ要員。前述のサーデンがメナの性格を継いだならユビィがフィロといった感じを意識しております。フィロとダウナー系やアルコールに弱いという部分を共有させて運用しました。実はキャラデザ一番好きだったり。

タイガー☆ネキサム

名前の由来はトラネキサム酸。

自治領の武闘派？　じゃあ筋肉で！　という感じで生まれたキャラ。作中一番、ぶっちぎりで何も考えずとも勝手に動く御仁でして自分のギャグ性癖を再認識させてくれました。

あと技術的な面で「ヌハハ」が口癖なのでキャラ分けしやすいのもあって本当にもう心のレギュラーです。

レンゲ・オードック

名前の由来は黄連解毒湯。のぼせに効果のある漢方薬で作中ちょくちょく顔を赤らめるキャラにしました。

アンズに勝てないのと田舎がコンプレックスで無理してエレガントと言っているけど……がコンセプトでした。結果そのコンプレックスが爆発し「都会の素敵な英雄アランを味方にしてアンズを見返す」という行動に、それが行き過ぎ結婚という形に……アランと共に作中一番幸せになったキャラですね。

サタン（瀬田さん）

キャラ的に一番感情移入していたお気に入りの最弱魔王。

物語のマイルストーン的役割だった人物で、彼の覚醒後の八巻から過去回想を意図的に挟むようにしました。勉強はできても仕事ができない、夢がフワフワしている意志の弱さが最弱魔王の理由です。

実はショウマと共に裏コンセプトがあってショウマが「強さを自覚している主人公」サタンが「仕事もできない俺だけど転生したら魔王でした」とベタなラノベ主人公を意識していました。

うだつの上がらない職場のお荷物だけど環境が変わったら有能……と、ところどころ転生物のお約束を踏襲したキャラ。結果ヒロイン（笑）であるロイドに好かれ彼にとっての本当の師匠ポジションに。

本当は死んでロイドが覚醒するはずだったのになかなか殺せなかったのは感情移入したせいでもあります。そのために魔王は死んでも時間がたったら生き返るという設定を用意して、最後はサタンが帰ってきて「成長したねロイド氏」ってやりたかったのになぁ。

パメラさん
和狸先生の四巻口絵のキャラが可愛くてメガネ女子先輩というモブとして運用していたのですが、気が付いたらネームドキャラに。

メガネクイーでロイドをコスプレさせる作者の代理人のような存在でした。なんていうか作中一番堂々としていてソウやショウマとも肩を並べる存在になったので、彼女がある意味一番末恐ろしい存在かもしれません。

ヴリトラさん（石倉仁）
呪いのベルトの名前だけ出演だったはずが気が付いたらキーパーソンになっていたお方。人間バージョンはかなりのお気に入りで前世はクロムさんとタメを張る苦労人ですね。
「謝罪は後日書面で」の一言から前世の構想が始まりアルカやサタン、ユーグたちの関係性を作りました。

石倉麻子
本当に物語後半で「イブの中身は石倉さんの娘さんにしよう」と決めました。名前の由来はお父さんと合わせて漢方薬の麻子仁丸。ちなみに全てが後付けの権化です（笑）
この作品の語るような文体は元々リホが孤児院の子供に読み聞かせていたという設定だったたのですが急遽思いついて彼女が語っているということにしました。そう決めたら案外そう読めると思い……ます。
行き当たりばったりのラスダンのまさに象徴ともとれるキャラですね。

他のキャラも色々書きたかったのですが……最後に私的なメッセージですみません、一言添えさせてください。

あとがきを書いている間に病で倒れたお父さんへ。

急に動くこともままならないようになってしまい驚きました。いつかと思っていましたがこんなに早くその時が来るなんてびっくりしたよ。

痛みに耐えて自宅療養している姿を直視できずこんな感じで伝えることになってごめんなさい。

自分にとってあなたは最高の父親でした。

競馬好きで酒好き、自分でだらしない親父なんて卑下した時もありましたが、悩んでいた自分に「五体満足なら好きなことをしろ」と背中を押してくれたことを今でも覚えています。

あなたの言葉があって両親がいたから自分は前を向いて今でも作家でいられているんだと思います。

本を出版してそれが続き、お父さんが「お前はすごいんだぞ」とあまり褒めないのに褒めてくれたあの言葉は一生の宝です。

色々な意味を含んだ「頼むぞ」の一言に答えられるよう全力で頑張るから。

不出来の息子ですが最後までできることを頑張るから。本当にありがとう。ゆっくりと休んでください。


あとがきに私的なことを書き連ねてしまいまして申し訳ございませんでした。

今自分がここにいるのは読者様、関係者様そして家族のおかげです。

ラスダンを読み返してみると意図していませんでしたが「お父さん」や「お母さん」が家族のために動くシーンが多かったなぁと思います。

きっと、俺自身無意識のうちに書きたいことが「家族のために動く人々」だったのかなと今になって思います……無自覚ネタ書いている俺が無自覚でどうするんだという話ですね。

自覚した今は両親、そして支えてくれた友人のために精一杯頑張りたいと思います。

そして読者の皆様に楽しい物語を提供できるよう、より一層努力していけたらと思いますので、これからも応援よろしくお願いします。


ありがとうございました。

サトウとシオ

ファンレター、作品の
ご感想をお待ちしています

〈あて先〉

〒106－0032
東京都港区六本木2－4－5
ＳＢクリエイティブ（株）
GA文庫編集部 気付

「サトウとシオ先生」係
「和狸ナオ先生」係

**本書に関するご意見・ご感想は
右の QR コードよりお寄せください。**

※アクセスの際に発生する通信費等はご負担ください。

https://ga.sbcr.jp/

たとえばラストダンジョン前の村の少年が序盤の街で暮らすような物語 15

発　行　　2022年7月31日　初版第一刷発行
著　者　　サトウとシオ
発行人　　小川　淳

発行所　　SBクリエイティブ株式会社
〒106－0032
東京都港区六本木2－4－5
電話　03－5549－1201
03－5549－1167（編集）

装　丁　　AFTERGLOW

印刷・製本　中央精版印刷株式会社

ISBN978-4-8156-1245-0
Printed in Japan　　GA文庫